永き遠足

泉原 猛
Izuhara Takeshi

創風社出版

ジョムソンから望むニルギリ北峰7061m

シアンからサムレに渡る釣り橋(カリ・ガンダキ河原)

永き遠足

目　次

永き遠足　5

永き遠足

天井裏の秘密

校庭の桜の若葉が揺れていた。昼のご飯を済ませ、正太は学校に戻る。正太の家は滝野中学校から三百メートル余り、通学区域内でもっとも近距離といっていい。

クラスメートの何人かは標高五百メートル余りの五本松の峠を越え、その向こうの集落から通って来る。萩山校区の連中である。雨の日も風の日も、雪が膝上まで積もった日も変わることはない。雪の日には、彼らの膝から下はびっしょりと濡れている。

工作の時間に作った一メートル五十センチ四方の木製の火鉢に、跨るようにして濡れたズボンなどを乾かす。生乾きのうちに始業の時間がくる。

正太など近くの者は、昼休みの時間、昼食を取りに家まで帰るのが通例である。遠距離からの生徒は当然、弁当持参、しかし時に弁当のない者も居る。

正太が校門を入ろうとしたとき、門柱の陰からいきなり飛び出して来たのは高島恵利子だった。いつもとは違う感じだ、と正太は思った。半分は笑っているようで半分は怒ったように中途半端なのだ。その目は非難するかのようにも見えながら、どこか優しさが感じられたりもする。

「正ちゃん、急いで職員室へ行って」

「何で？」

「川越先生が呼んでる…」

「何の用や？」

「怒られるんよ」

「何で？」

「そんなこと言ったたって始まらんやろ」

恵利子は先に立って足早に歩き始める。川越先生は担任の先生だ。

職員室に入った正太は驚いた。川越先生の机の横に、大川秀雄、井澤勇、相馬徹の三人が横一列に並んで立たされている。その神妙な顔付きは、正太が見たことのない生真面目そのもの、めったに出会えない種類のものだ。三人とも近距離通学組の仲間である。

早いな、もう昼飯すませていたのか、と正太は思った。

「伊藤さん、ここに並びなさい」

抑えた、粘りのある、その辺の雑草を噛み潰したときの苦味を思い出すような声だ。

「あなたも何というひどいことをするのですか！」

「は？」

「は？　ではないでしょう。自分のやったことが恥ずかしいと思わないのですか！」

すでに、音域はかなり高音の部分に跳ね上がっている。秀雄らはしっかりと搾られたあとなのだろう。隣の徹のほうを向いて何か聞こうと思ったのだが、徹は知らん振りだ。

「こちらを向いてなさい！　人のせいではないでしょう、級長として責任を取って謝りなさい」

正太はますます分からなくなる。級長として言いつけられたこと、何か伝え忘れたのだろうか。急ぎ思い出そうとするが、最近そんな用件はなかったように思う。

「とんでもない事と思わないのですか？」

とんでもない事、とはどれだろう。先生に見つかれば怒られることは幾らでもしているのだ。

「そろって皆で、何のためにですか！」

みんなでやっていることも沢山ある。悪いことを一人でやることなど、先ずない。ひとりで悪さをして何が面白いか、自分が陰気な性格になるだけではないか。それに子供がやっていることは、たいてい大人は悪いことだという。何のためにと言われても、いちいち何のためか考えてやっているだろうか。考えを巡らすうちに正太は混乱して来た。

「級長として止めなければいかんと思わないのですか」

級長が止めなければならないこととは何か？　正太はこれも分からない。

「あなた方は、この四月から中学生なんですよ」

言われなくても分かっている。中学生になったけれども、校舎は小学校と続いているから同じようなものだ。昔から職員室も一つ、同じ部屋を二つに分けて使っているではないか。違ったことといえば、三つの小学校から中学生が一つに集まったのだから、あの峠越えの者たちも加え、そして奥山の小学校の者も含めて新しい級友が増えたことくらい。それと何よりも校長先生が代った。これは当たり前のことである。

あの赤い目のM校長の訓話を聞かなくてよくなったことは確かである。

——みんな、目を大切にしないといけません。毎日、洗面器に綺麗な水を入れて、一日に一回は顔をつけて、目をパチパチとしてください。

講堂の演壇の上から良く言われたものである。その校長先生のあの目が真っ赤なのがいつも不思議だった。この話を聞いてから少し分かったような気がしたのだった。パチパチなどやれば、きっとあんなに真っ赤な、どこかで見た変な鳥の目のように、真っ赤になってしまうのだ。自分は決して洗面器の水などで目を洗ったりはしないぞ、川で泳ぐとき、それも水中眼鏡を忘れたり、着けるのをサボって水中で目をあけて泳ぎ過ぎれば、帰るころには景色が霞んだように白っぽくなる、そんな経験はたびたびあるけれども、あのような赤い目になったのでは困る。

「何をぼんやりしてるんですか！」

川越先生の顔が目の前にあった。額の上のニキビのようなぶつぶつが五個ぐらい見えた。先生は小柄で正太と同じくらいしかない。いや正太のほうがすでに抜き去っているだろう。他の先生たちが、ちらちらとこちらを見ているのが気になる。それが何だか恥ずかしい。

先ほどから謝りなさい、級長として責任を持って謝りなさい、と繰り返されているけれども、隣の徹に「何のことか？」と訊きたいのだが、真っ直ぐ向いているその顔は、やはりよそよそしい。

「どうしても謝らないのですか、伊藤さんは！」

川越先生はしつこい。一段と腹が立ってきたらしい。顔のニキビの辺りから赤みが増している。正太も、むかむかして来た。詳しいことや理由も言わず、謝れ謝れと言ったところで何を謝るのだ。そんなに粘るのであれば、こちらも頑張ってやる。生徒だといって馬鹿にするな、何一つしゃべってやるものか。

「あなたは、そんなに頑固な、不誠実な人だったのですか」

ちょっと、おっしゃることがおかしいのではないか、何も分からないままの生徒に、それはないのじゃないか、正太は納得できぬ。こちらが怒鳴りたくなって来た。

何か勘違いをしているに違いないのだ。謝れという以上、悪いことをしたと決め付けているのだろう。それが本人にはすぐに分かること、と思い込んでいるのに違いない。大人と子供とでは、善悪の基準が違うのではないでしょうか、先生。一緒に並んでいる秀雄や勇、徹に一言訊けば分かることなのに、それが出来ないのがじれったい。ついにしびれを切らして質問した。

「先生、何のことですか？」

「何のこととは何ですか？　しらを切ってもダメです！」

きんきん声で返ってくる。これでは話にもならない。もう一度、最近のことを思い出してみる。

この間、近所の小学生たちに粉挽き工場の軒先の瓦をめくって、雀の巣を取ってやった。お寺の桃の木に登っていたら、枝を一本折ってしまった。田んぼの畦道を歩いていたとき一箇所踏み抜いた。水が張ってなかったのでそのままにして帰った。炭焼き小屋の板切れを一枚拝借、湿地を通るための踏み板にした。大きな石ころを一つ、農業用水路に蹴り込んだ、親の小言が気に入らなかったからだ。宿題を分担して、みんなで写しあい誤魔化した。これからもこの手はいい、と思っている。——

考えると色々と出てきた。しかしこの三人と関係ないはずだ。一緒にやったことではない。女の子をいじめたりしたことも中学生になってからは考えられない。最近は格好良さを見せたくて気を遣っているほどである。最近の女性陣には、高島恵利子に始まって向山奈保子、本宮千奈美、熊谷加奈などの仲良し組から何かと攻撃を受けている。訴えたいのはこちらではないか。言いつけられるようなことはずっとしていないはずである。

ふと正太は、川越先生が泣きながら怒り出すのではないか、と思った。正太は、涙をぼろぼろこぼし叱っていた康子先生のことを思い出したのである。

正太が国民学校初等科一年生になった冬だったのだから、ずいぶん昔のことだ。粉雪が舞っている寒い日だった。一緒に入学した浜崎の千恵ちゃんが、正月明けに亡くなった。千恵ちゃんはあとで母から聞いて知ったのだが、正太のいとこだった。同級生である一年生全員が、確か四十人近くだったと思うけれど、担任の康子先生に連れられて千恵ちゃんの家までお参りに行った。学校の傍を流れる滝野川にそって砂利道の道路をくだり、中瀬川との合流点、三郷の辻から川にそった道を谷の奥のほうに向かう。ずいぶん長く歩いたと思った頃小さな土の橋を渡った。それからは畑の中の急な登り、道端にも畑の中にも大小の真っ白な岩が、いたるところに一杯あった。見たこともない景色に、正太らはどこか別の世界にやってきたような不安な気分になった。体は暖かいのに足のつま先がいつまでも寒くて痛かった。

ずいぶん高いところまで登って行った。振り返ったら、向こう岸の黒っぽい林がかすれてはっきりしないほどに雪が降っていた。茅葺き屋根の千恵ちゃんの家は、畑の真ん中にあった。正太の母などよりも随分と年上の、日焼けのせいなのか元々そのような顔色なのか、こげ茶色のしわの多いお母さんが皆を迎えてくれた。線香が匂っていた。仏壇の中の千恵ちゃんの写真は、入学式のときみんなで一緒に撮った顔と同じだった。どこか、学校で飼っている兎の顔を思わせる。お母さんの顔も同じように兎の顔だった。仏壇の横の柱に八角形の時計が「コチン、コチン、コチン」と動いていた。

帰り道、下り坂でもあるせいか、康子先生がいくら注意してもみんなきゃあきゃあ騒いで走り下る者が多かった。

中瀬川に沿って下り、三郷の辻から今度は滝野川の道を学校のほうに向かう。その道路を少し帰ってきたとき、向こう岸の山の上から「おーい」と呼ぶ声がした。急な斜面の松林の中に大きな岩が塔のように二つ三つ立っていて、その天辺で叫んでいる者がいた。相馬徹ともう一人誰か、こちらに向かって叫んでいる。徹の家はこの斜面の下すぐそこにある。彼らは中瀬川の谷から尾根を越えて近道をしたらしい。その途中であの高い岩の上にあがって同級生たちを驚かせてやろう、というつもりらしい。あんなに高い所からでは学校に帰り着くのがかなり遅れるに違いない、と正太は思った。

相馬徹は思ったよりもずいぶん早く、ほとんどみんなと変わらぬ時間に学校に帰ってきた。ところが全員を校庭に集めた康子先生は、徹と、彼の子分のようになっている春夫を前に立たせ、「今日は何のために、千恵ちゃんの家まで行ったんですか？　先生は悲しいです」と叱り始めたのである。

体が大きくて声も大きくて元気で、まるで男先生のようだと思っていた康子先生が、涙をボロボロこぼしながら徹たちを叱ったのである。

勝手に遊びながら学校まで帰ってきた徹たちは、確かに良くないと正太は思った。みんなは叱られている徹たちよりも、康子先生のほうばかり見ていた。小さな雪がちらちらと舞い降りて、寒くて寒くてたまらなかった。涙をこぼしながら同じようなことを繰り返す康子先生の前で長い時間立っていた。

あの時のことを思い出した正太は、目の前の川越先生を改めて見た。体は小さいけれども泣き出しそうな感じではない。正太はずっと黙っている。何を言われても、自分の体のどこも反応しない、他人の体がそこに立っているような気分がしていた。

そのとき急に、勇が体を揺すりながら何か言い始めた。言葉がはっきりしない。

「どしたのですか？　井澤君」

と、川越先生が勇の前に立つ。勇は「しょ、しょ、しょう…」とわけの分からぬことを繰り返す。緊張し過ぎてこいつ、頭がおかしくなったのか。正太は少し前のめりに向こうの勇を見た。

「しょ、しょ、しょう…」と繰り返し、体をくねらせている。

「しょう、しょうって、正太君がどうしたのですか？　言ってみなさい！」

川越先生の声は、職員室中に響き渡る大きさだ。どうなるのだろう、と正太が思ったそのとき、

「ジリリリリ・・・」と予鈴が響き渡った。授業が始まる五分前だ。職員室の隅っこの押しボタンのところに若い吉野内先生が立っていた。壁にかかった丸い時計は六分前を指していた。

「みんな、教室に帰りなさい！」

川越先生は、どなり声で言った。

真っ先に飛び出したのは勇だ。その走りようが普通とは違う。何かわけがありそうだ。正太は

後を追った。

勇は、トイレの裏の掃除道具をしまっている物置のところにいた。ズボンを脱ごうとしている。

「どしたんや、勇」、正太が訊けば、

「来るな、いま来るな！」と大慌てで、パンツ姿になっていきなり放尿し始めた。

「何で、便所にせんのや？」と正太、
一瞬考え込んだ勇は、「もう遅いんじゃ、ちびってしもたんや、情けない…」と言う、「こんなに濡らしてしもた、情けなや…」とパンツを脱ごうとした。

「お前、トイレの中で脱げや、何でここで…」

「そうやった、慌てたけんや、向こうむいとれ」と言いながら、白い尻をもうむき出している。

正太は辺りを見回した。みんなは教室に入ったのだろう、近くに人気はない。勇の下半身に目を戻したとき、正太は確かに見た。大事な部分の周辺にうっすらと黒いものが生えていた。何ヶ月前からか、正太も日に日に濃くなって行く自分のその部分が気になって憂鬱な気分だった。いま、勇のその部分を見て、やっぱり同じじゃないか、とほっとするものが胸のうちに広がった。

勇が「しょう、しょう」と言っていたのは、正太のことではなく「小便」のことだったのか。「小便が出る、小便をちびる」と言いたかったのだ。正太は笑いながら、

「お前、早よ、洗うて干しとけや」

勇の動きはすばしこかった。トイレの手洗いで手早く洗い終わると、裏の石垣の小さな小道を

お宮のほうに駆け上がった。と思ったら一分も経たないうちに駆け戻って来た。

「どこへ干したんぞ?」と聞くと、お宮の裏の格子のところだと言う。神様のところか、とあきれたが、あの場所ならば誰も見つけたりしないだろう、しかしあんな湿っぽいところで乾くのだろうか、とも思った。「仕方ないやろ」と勇は言う。そりゃそうだ、この際、仕方ない。パンツなしのズボンは変な気分だろう、と同情したくなる。

正太は大事なことを思い出した。なぜ怒られなければならなかったのか、勇に確かめなければならない。授業開始の本鈴が鳴っている。勇と並んで教室に向かいながら、

「何で、怒られたんぞ?」と急いで聞く。

「うん、…」と勇は言ったまま、その後を続けない。

「早よ、言えや、授業が始まろが…」

「うん、…」、勇は同じ答しかしない。歩きながらズボンのバンドのあたりをずり上げたりしている。やはり気持が悪いのか。それにしても後で聞くほかない、と正太はあきらめる。教室では、秀雄と徹が暗い顔をしてこちらを見ていた。

午後の一時限目は「数学」だった。こんな気分で数学とは最低だ。しかし川越先生の「社会」であるよりは、ましだろう。正太は川越先生の赤ら顔が目先にちらつくのも気がかりで落ち着かなかったが、それ以上に四人が怒られなければならなかった理由が気になる。

数学の授業はやはり散々だった。部分的に集中できることもあったが、すぐに上の空となる。じっとうつむき加減だったせいか、今日は先生に当てられなかった。

数学の時間の終わる頃、正太の頭に名案が浮かんでいた。勇が何も答えなかったところを見ると、ほかの二人でも同じだろう。無理に三人に聞くよりも、恵利子に尋ねればいい、と思いついた。こんなとき、明けすけで、はっきりしている恵利子は、すぐに教えてくれるに違いない。厳しい言葉を突きつけることも多いけれども、正太にとってかえってそれが気持いい。彼女に聞くのがもっとも手っ取り早い方法だ。

午後の一時限目が終わった。十分間の休み時間になった。案の定、勇ら三人はうまく姿をくらました。

「恵利ちゃん、ちょっと教えてくれや…」

正太は、奈保子などと一緒にいる恵利子に近づき声をかけた。女生徒みんな、正太を見るなり刺すような冷たい眼差しを向けた。嫌な気分だ、と思ったが聞いてみるほかない。

「えーっ！　正ちゃん一緒じゃなかったん？」

恵利子は頓狂な声を挙げた。奈保子や千奈美まで同じように驚く。

「おかしいと思った、正ちゃんは昼ごはんに帰っていたもんね」と恵利子、

「でも、徹ちゃんも帰ってたよ」と千奈美、

「それがすぐに学校へ戻って来たもん…」と奈保子も口を挟む、「徹ちゃんが首謀者?…」と恵利子、「川越先生はわけも言わずに怒ったん？　正ちゃんは、ちゃんと謝ったんやろ?」

「謝れるわけないやろ、理由も言われんで…」

「そうなん?　勇ちゃんらも何にも言わんの？　聞かなんだん?」

聞く間なんかなかろうが、小便ちびって大変だったんぞ、と口から出そうになった。お宮の本殿の格子のところで、ひらひらしている勇のパンツの白い映像が目に浮かんだ。

恵利子らはすんなりと話してくれた。その昼休みの出来事に正太は驚いた。あれほど約束をしていたのに、勇らは秘密をばらしてしまったのだ。何故だ、そんな馬鹿げた、と正太は思う。

昼休みの時間、恵利子たちが教室で弁当を開いていると、天井から水が落ちて来たのだそうだ。幸い弁当の中には入らなかったが奈保子が一番近く、跳ね返った水滴は奈保子の顔を濡らすほどだった。「きゃーっ!」という大声を、隣の教室まで聞こえるほどに張り上げたのである。「鼠のおしっこ!」と大声を上げた。

天井から水を、正確には薬缶のお茶を落としたのは勇たちだったのだ。教室の天井には四箇所、五十センチ四方ほどの網目になっている、明り取りを兼ねた空気抜きのようなものが作ってある。その部分から勇らはお茶を垂らしたのだ。

奈保子らは職員室に走り込んだ。勇ら三人はすぐさま「お縄」になったというわけである。

正太が驚いたのは、あれほど「隠密行動」として約束を固めていたのに、何故、すぐにばれてしまうような行動に出たのか、ということだ。天井から降りる間もなく捕まってしまうことなど、考えなくても分かることだ。先生も生徒もみんなそろっている昼の日中に、まるで袋の鼠、いや天井の鼠になってしまうではないか、いやいや、天井の鼠なら逃げおおせるだろうから、やはり袋の鼠だ。正太はその行動が理解出来なかった。

「今日やったのは正ちゃんじゃなくても、天井裏上がったことあるんやろ？」

恵利子が訊く。

「正ちゃんが発明者や、と言ってたよ」と千奈美、

「誰が？」正太は千奈美を睨みながら訊く、

「知らん」、千奈美は反感を持っているのか、冷たい。

「俺たち以外、知っちょる者はおらんはずや」

「ははははは、そこが男子の甘いとこよ、ははは…」、千奈美は馬鹿にしたように笑う、

「女子はみんな知っちょるんよ。男子のように悪いことはせんだけ…」

恵利子の説明によれば、――裁縫室の壁を見たら誰やって一目で分かる。あの床の間の隅っこ、壁の擦り落ちた痕は、鼠が引っ掻いたとは誰も思わない。もっとも大きな鼠ではあるが、茶色の壁があれほど天井近くで白く擦れ落ちていれば、誰だって天井に上がるときの痕と分かる。裁縫室を使う女子生徒はみんな知っている、もちろん先生も知っているだろう――とのことだった。

小中学校の教室は、運動場の二方にL字型に並んでいた。東西に伸びる六つの教室が小学校、そこから直角に南北に繋がっている方が中学校。北側から、正太ら一年生の教室、二年生教室、小中学校共同の講堂、職員室、三年生教室、そして南の端が裁縫室と連なっている。廊下のない分だけ裁縫室は広くなっている。畳敷きなので男子生徒もときどきその教室で遊んでいることもある。ほかの教室も土足ではなかったが、学校の中に畳の広い部屋があるというのは、特別の気分がするのだった。普段は、横長の裁縫台が片付けられ、教室の隅に積み上げられている。その幾つかが床の間にも積まれているのであった。それを足場にして天井裏に這い登れるのである。そのとき横の壁に傷を付けてしまうというわけだ。

自分たちが知っているだけと思っていたのに、恵利子たちに簡単に言ってのけられたのがショックだった。

二時限目の授業開始のベルが鳴る。

「男子は、結束悪いんやなあ…」

千奈美はまた嫌らしく言う。そう言われても仕方ないありさまではある。あれだけ口外無用と約束し合ったのに、まずいことをしてくれる。その上、先生に申し開きをどうしたのか、あの様子では俺に責任を被せたのか。

二時限目、「国語」の時間だ。吉野内先生が入って来られた。微かに笑っているようにも見える。授業を受けながら、天井裏でやったことを思い出さずにはおれなかった。

初めのうちは放課後、裁縫室の天井裏で鬼ごっこのようなことをしていたに過ぎない。大きな梁の合間に角材や板が取り付けられ、電線があちこちと走っている。頭の上は屋根裏の張り板だから斜めになっている。頭上に注意しなければ頭を打ち付ける。危険なのは、天井板そのものを踏むことだ。これは絶対にしてはならない。梁や支えの角材などの上だけをうまく渡り歩き、決して踏み外してはならないのだ。天井に穴が開くことはもちろん、おそらく体の重みで教室に落下してしまうだろう。渡って行く道筋を見極め、自分の能力、技術を推し量りながら、手と足をフルに使って思い切って飛び移る。その決断が何ともいえない緊張感を呼ぶ。教室から見上げる天井の高さは普通の住宅などとは比べ物にならない。あの空気抜き窓から下を覗いたときは思わず足が震えた。予想をはるかに上回る高さだったからである。

裁縫室の天井裏から北の端の自分たちの教室まで移動し始めたのは、ずいぶん以前のことである。天井裏が教室全体に筒抜けだとは誰も考えてもいなかった。それを知ったときには心臓が高鳴った。確か五年生のときだった。夏などは汗が出る上に、喉が渇いて長くは入っていられない。だから数えるほどしか天井裏を探検したことはない。それに恐怖を覚える場所が二箇所ある。一つは職員室の上を通過するとき、もう一つは講堂の天井裏を渡るときである。どちらも特別な緊張を強いられる。特に講堂の天井は渡り歩く梁や板材などが少ない上に、その高さは教室の倍以上もあるように感じられる。足を踏み外したら最後、命の保証はない。

裁縫室の天井裏から三年生の教室を過ぎれば、次は職員室である。先生たちの話し声はまるで耳元でしゃべっておられるように聞こえる。ということは、自分たちの足音や息遣いが、先生方にも聞こえてしまうということだ。廊下と職員室の区切りの部分、いわば職員室の窓枠の上の部分、その幅二十センチ足らずの梁の上を、腰を屈めた姿勢のまま、摺り足で前進しなければならない。息をつめバランスを取り目を凝らして、そろりそろりと講堂のほうに向かう。その境目がまた関所の一つである。職員室の天井面から一段と高く、二三メートルをよじ登らなければならない。しかも一切の音を立てることなくである。その緊張感は並大抵のものではなかった。そのせいか、秀雄などは講堂の天井裏でとんでもないことをしでかす結果となった。

講堂の真ん中あたり、そこに真新しい感じの平たい板が一枚打ち付けてあった。「昭和何年何月吉日、大工だれだれ、などと何人かの名前が墨で書かれてあり、米一俵何円何銭などという文字も並んでいた。その近くで、秀雄がそっと正太のところに寄ってきた。声を潜めて「俺、しょんべんがしとうなった…」と言うのである。「あほか、こんなとこでどうするんぞ」と、小声で言ったところでどうしようもない。正太は徹のところへ行って「秀雄がしょんべんなんと、どうすりゃ」と伝えた。

徹はほんの少し考えていたが、「こっち、来いや」と言う。三人とも踏み外さないよう細心の注意を払いながら、足を運び、手を遣り繰りしながら徹の後について行った。

講堂の一番奥、いわば演壇の後ろの壁際のところに来た。校長先生が、うやうやしく重々しく、ゆっくりと左右に扉を開けば、この間まで天皇陛下の御真影が現れたところ、その上部にやって来たのである。見れば、天井板と外壁の間は全体に十五センチほどの空間があり、真っ暗な隙間が遥か下に向かって口をあけていた。

「秀雄、ここにせい」と徹は言った、「こっち側にかけるな、出来るだけ向こう側にせい、壁にシミが出来るといかん」と、注意まで与えた。

「お前、なんぼなんでも」、正太も秀雄も異口同音に言った、「講堂のあの一番奥ぞ、ここは…」

「仕方なかろが、隙間はここしかないぞ、天井に雨漏りの地図でも作るんか？」

言われてみれば徹のいうとおり、下手な場所に出来るものではない。秀雄は狭い梁の上で微妙にバランスをとり、すでにズボンのボタンに手をやっていた。

太平洋戦争は、正太が国民学校に入学する前の年、十二月八日に始まった。終わったのは初等科四年生の夏である。

「お国のために」という言葉が、先生からも大人からもよく聞かされた。国民学校に入学するや、学校の勉強以外の作業が沢山、生徒たちに課せられた。正太らにとって、その時間は楽しい野外実習のようなものであったから、みんなで犬の子のように一斉に野山に散らばって行った。

松の幹を傷つけて集める「松根油」の原料集めは、そこら中の松林で行われた。ススキの穂も沢山集めさせられた。それは航空兵や海軍の軍人たちの、浮き袋とかチョッキの綿代わりとするものだった。幾ら集めても重たくなるものでもなかったし、鋏でチョッキンチョッキンとやればいいだけのこと、初等科の生徒たちにとって一番楽な仕事だった。

民家の床下の土を五センチ余りの深さで採取し、大きな鍋で煮詰めるとオレンジ色の上澄みが採れた。爆薬の原料となるらしい。煮詰めるための燃料の薪集めが生徒たちの仕事であった。

毎月八日は「大詔奉戴日」である。この日、早朝第一時間目は全校生徒が校庭に整列させられる。よほどの荒天でない限り毎月である。万一校舎が火事になっても、天皇陛下の御真影だけは焼いてはいけない、と運動場の一角にコンクリート造りの奉安殿が建てられた。御真影が納められているのである。

毎月の大詔奉戴日、その奉安殿から校長先生が「御真影」と「教育勅語」を講堂まで運ぶ。全校生徒が整列して見守らねばならない。真冬の風の強い日、正太はつらい思いでその時間を過ごした。列の一番先頭で、何が書いてあったのか記憶にもないが、白いふんどしのような布を結びつけた竹竿を持たされた。風にはためくため、先端部を竹竿と一緒にしっかり握っていなければならない。それでも子供の力では風に負けそうになる。強風は意地悪だ。突然騙し討ちで吹きつける。何度、竹竿ごと吹き飛ばされそうになったことか。隣の列の女の子の頭に当たったこともある。「うっ」という声がした。謝らなければならないのだろうけれど、勝手な動きは許されない。腹が立ってくる。自分の性格がいじけて行くのが見えるようだった。ますます憂鬱になる。講堂に入ってからも、冷えた体に震えがついて、卒倒してしまうのではないかと不安に襲われたこともあった。夏の暑さの中でも、また別の苦しみを味合わなければならなかった。いつの場合も全校生徒の中から一人か二人は、先生たちが急いで職員室に担ぎ込まなければならない生徒が出た。講堂に入ってからは毎回、判で押したように「朕惟フニ、我カ皇祖皇宗（ちんおもうに、わがこうそこうそう）…」と「教育勅語」が始まるのだった。参列者全員、じっと頭を下げ、絶対に動いてはならないのである。ただこの毎月八日の第一時間目は、講堂の中に入ってしまえば動かなければいいだけの話、黙って校長先生の訓話の済むまでを待てばいい。ぼけーっとよそごとが考えられる。とがめられることのない、自由に恵まれたお決まりの時間だ。

ただ一度だけ、笑うほかなかった日のことを正太は覚えている。校長先生が厳重な鍵のかかっている奉安殿の扉を開け、御真影の入った箱を頭より高くささげながら急な階段を後退りで下っていたときである。一番下の階段の辺りで突然、校長先生は真後ろにどってんとひっくり返ってしまった。それでも両手に戴いた箱を出来るだけ高く持ち上げ、足をばたつかせながら助けを待っていた。まるでカナブンが裏返ってもがいているのと同じだった。校長先生の燕尾服の背中からお尻にかけて、べっとりと黄色い泥がついた。校長先生はその姿のまま、後ろに続く教頭先生の前を、御真影の箱を高く捧げ持ってみんなの前を進まれ、講堂のほうに向かわれた。

御真影の天皇陛下の表情は、穏やかそうで特別に難しいことを言い出しそうでもなくて、嫌な気分のするものではなかったが、大詔奉戴日の校長先生の顔だけは、いつもとはすっかり変身した恐ろしい感じのするものであった。そして毎回、教育勅語の巻物を広げるときは、ぶるぶると手が震えているのが、遠くからでもよく見えた。

正太らは、その御真影が毎月飾られていた講堂の一番奥、その真上に来たのである。戦争が終わってからは、扉の奥に何が置かれているのか、覗いてみたことも考えてみたこともない。だからどうなっているのか想像も出来なかったが、いまは緊急の事態である。

秀雄は、音もなく上手に飛ばしていた。真っ暗な隙間がずっと下まで続いているためなのか、音が全然聞こえない。正太も思わず催してきた。秀雄に続いてやってしまった。指示をした徹は連帯の気持を表したかったのか、彼も平然と済ませた。正太は心身ともにすっきりした気分を味わった。

それからあと、この特異な行動はすぐに忘れ去って滅多に思い出すことがなかった。ただし天井裏歩きのことは絶対に誰にも話さない、という固い約束を互いに交わし合っていた。にもかかわらず、昼休みなどというあわただしい時間に、南の裁縫室から北の端の教室まで行くようなことを何故やったのか。その上、天井穴からお茶を注ぐなどとは…。

放課後になったら、絶対、勇らに確かめなければならん。そう思っている正太のところへ恵利子がやって来た。

「あのね、今日のお昼の時間、徹ちゃんはご飯無かったようなんよ…」と小声で言った。そうか、今日もそうだったのか、と思いながら、恵利子の話を聞く、

「ほんで?」

「奈保ちゃんの、お弁当食べてるところ、じっと見てて…」

そのあと、急にいなくなったのだそうだ。奈保子の家は田畑や山林をたくさん所有している大きな農家である。その弁当はいつも羨ましいような中身だ。恵利子などはたびたびお相伴にあずかるらしい。一方徹ときたら、母との二人暮し、兄は中学を卒業以来、大阪に働きに出ている。母親も不定期の、農家や商店の手伝いで暮らしを立てている状態、おまけにこの村内だけではなく、遠くに出かけたときなどは、二、三日帰って来ないこともある。玄関の扉を開けたところに吊り下げてある黒板に、奥山部落のだれだれさんの家に行ってきます、などと書かれていたのを正太も見たことがある。

弁当もなければ、今日は家に帰ってもどうしようもない日だったのだろう。初夏の今頃は木の実もめったに生っていないし、畑の野菜も何があるだろうか。少し山奥の谷間の辺りに行けば、今なら草苺の実が見つからないでもない。昼休みにそんな時間があるはずもない。

「それでいて、徹ちゃんは奈保ちゃんに気があるの…、正ちゃんも知ってるやろ」

そのとおりだ。徹は奈保子が一番好きなくせに、決まって悪戯を仕掛ける。

恵利子の忠告が嬉しかった。三人に詰問する必要がなくなったような気がする。何の実りもないようなことを、急に思いついて他の二人も一緒にやったものだ。そのへんが理解しにくいところだが、思いつけば衝動的に行動するのは俺だって同じ。ただ川越先生の要求は承服できない、頭ごなしに謝れと言ったって、何でもっと分かりやすく説教しないのか。自分だけで何かを決め込んでいるようなところが、思い出しても不愉快である。また職員会議にでも出されて、呼びつけられるのかも知れない。

放課後、意外にも勇が寄ってきた。

「ちょっと来てくれ」と先にたって裏門を出る。何のことはないお宮のほうに向かうのである。このいい天気なら、すっかりパンツも乾いたことだろう、微風も吹いている。天井裏のことは何も言わないから、こちらも聞かない。川越先生が、正太までも一緒にして文句を言ったわけが知りたかったが、大人が関係していることはこの際考えることを止めた。もともと大人の言っていることは分からないことが多いものだ。やたらと褒めてみたり怒ってみたり、気まぐれなことは子供以上だ。もともと正太は褒められることも怒られることも嫌いだ。どちらも馬鹿にしているように、どこかで不自然さを感じてしまうのだ。犬や猫を怒ったり撫でたりするときのように、本気でやってもらいたいものだ、と思う。

大杉が四本立っている参道を過ぎ、本殿の裏手に回る。薄暗く湿った空気が淀んでいるようで気持のいいところではない。これじゃパンツも怪しいものだ、と思ったそのとき、勇が立ち止まった。前方を見ている。向こうの暗がりに誰かいるのだ。

「誰ぞおるんか?」。小声で勇に聞く。

「うん、誰じゃろ、…俺のもの、見つかっとろか」と勇。

そっと近づいて見れば、なんだ神社裏のおヨネばあさんじゃないか、ばあさんといってもその風体から受ける印象からで、まだ五十代くらいだろうか。小柄で子供くらいの背丈しかない。しゃべり始めると早口でめったに止まらないから「機関銃」と渾名がついている。いつもの絣のもんぺ姿に、頭には鼠色に近くなった手拭い、肩にかけたこれも元は赤い色だったのだろうか茶色がかったタオルのようなもの、お宮の裏の田んぼとか、少し山際に入った畑で働いているときのスタイルのままである。何か白い棒切れのようなものを小脇に持って、楓の木の下に向こうをむいて立っている。楓の枝がやたらと低くおヨネばあさんの上に垂れ下がっている。

「なんや、おヨネばあさんじゃ」

勇は安心したように右側の本殿の格子に架かっている白いパンツを見た。正太はおヨネばあさんの近くに来たので、声をかけた。

「こんちは…」

正太が毎日やっている新聞配達のとき、おヨネばあさんは手作りの飴菓子をくれたことがある。学校から帰って配達に出る正太にとって、特に秋から冬の季節、誰もいないこの辺り、薄暗くなったお宮を通り抜けるとき、思わず駆け足になるのである。おヨネばあさんの家が最後の配達先なのだが、誰かその家にいれば、ほっとした気分になる。しかし時に、というよりも度々、怒鳴り合いをしている場面に出くわすことがあって、上がり框に新聞を置くと急ぎ足で降りて来ることが少なくなかった。

女同士の叫び声だから、とにかく逃げ出したくなる。何とも落ち着かない。その上、お宮の神主さんのお勤めなのか、それとも太鼓の練習なのだろうか、「どんどこ・どんどこ」とお宮の太鼓を鳴らされる。何故かおヨネばあさんらの争いごとと一緒になることが多い。甲高い叫び声にお宮の太鼓が重なって、争いに勢いをつけるような感じになる。「トコトコトコ」と始まって「デコデコデコデコ」「ドンドンドンドン」、次第に早くなって「ドドダカドドダカ」「どんだん!どんだん!」「だんつく!だんつく!」と大きくなり、「どっかん!どっかん!」「ががが!ががん!」と響き渡る。神主さんがやけくそで、力いっぱい叩いているのではないかと正太には思えるのだった。

もともと女の人の声は、どこか安心できるような、懐かしさを覚えるような優しい感じを受けるのが本当なのだ、と正太は思っていた。大声で演説したり、やたら自分の主張を言い張るような種類のものとはどうしても思えない。それが互いに遣り合っているのだから、聞くに堪えないとはこのことだろう。ときどき正太の母もキーキー声を挙げることがあるが、急いで避難すればいい。その母が勝手口のところで近所の人と話していた内容から考えれば、おヨネばあさんとお嫁さんの口喧嘩は不思議なことではないらしい。おヨネばあさんは、長男にお嫁さんをもらってこれで三人目だそうだ。先の二人はおヨネばあさんがいびり出してしまったのだ、そうである。

正太はもう一度声をかけた。

「こんにちは…」

返事がかえって来ない。知らん振りである。

「おばさん、こんちは！」

大声で言って、肩のところをポンと叩いた。

おヨネばあさんは、ゆっくりとこちらを向いた。日頃の日に焼けた顔がもっと黒くなっている、というよりも、目をつぶったままなので意外だった。その上、両方の鼻の穴から洟が二本、あごの下まで、だらーっと垂れているではないか、と思ったとたん、またくるりとおヨネばあさんは向こうをむいたのである。首の後ろから白い縄が楓の枝に伸びていた。余ったものが腋の下から地面の方まで続いていた。足は僅かに地面から浮き上がっていた。

「ふぎゃーっ！」というような声を挙げたような気がする、がそれも確かではない。勇も同時だったような気がする。二人は喚きながら駆け出した。なんだか足がもたもたして自分のもののように思えない。お宮の杉の木の根っこに蹴つまずいた。何回か倒れそうになった。確か両手で四つん這いになった。勇は、パンツを持ち帰るのを忘れてしまった。

職員室に駆け込む前、立ち止まった。深呼吸をした。「お前が言うか？」、どちらからともなく聞いた。「一緒に言おう」とうなずき合った。

二人はそのあと、お宮へは行かなくてよかったけれども、一時間近くも学校で待たされた。そして吉野内先生と一緒に警察に連れて行かれた。巡査部長が色々と書類を出して来た。二人の話を聞きながら書き込んでいる。

村の大人たちが数人、どやどやとやって来た。村議会議員のYさんは、大きな声で笑いながら言った、

「とうとう、おヨネさんも三人目には敵わなんだかのう…」

正太は思った。これからしばらくは夏の日永だけれども、秋になったらどうしよう、お宮を横切って配達など出来ない、どのように回り道をすればいいか…。

「この子らが発見者か?」

村議会議員は眼鏡の奥から見下ろすような目をして言った、

「何でお宮なんか、あの暗いとこへ行ったんぞ?」と続けた。

「ままま」と巡査部長がさえぎり、「いま、取調べ中ですから、まま、またあとで…」

と執り成した。

それからが、勇にとっては苦難の時間だった。

「現場にパンツが一つ架かっていましてな」

と巡査部長は、吉野内先生に話し始めたのである。

「これは、どう見ても不思議ですらい…」「事件性はないと思いますけんど、おかしいですな」「何かの願掛けですかの? 奇妙な話ですけんど」「それにしても余りきれいなもんじゃありませんの、これなんですがの、まさか、仏さんのものとも思えませんし…」、と指先でつまみ上げて窓の明かりに透かしてみるようなことをする。「学校の生徒さんと関係ありますかいの? 生徒さ

んにでも当たって見られますかいの?」「それとも当方で捜査の対象と致しましょうか?」「いやいや、あのおヨネさんの首巻と比べれば綺麗なもんではありますが、なんせパンツですからの」「おヨネさんとどんな関係がありますかいの?」「先生は率直に言って、どう思います?」「お嫁さんの嫌がらせとも、いやいや、こりゃ言うてはならんことですか…」

そのいちいちが、勇をさいなむせりふばかりである。傍で聞いている正太のほうがやり切れなくなる。勇の太腿を親指で突付いて見る。勇はもぞもぞとして、その表情は見るに耐えない。これが穴があったら入りたい、という場面なのだ。

小声で勇に囁く、

「俺が言うたろか…?」

勇は弱々しくうなずいた。

正太の説明が、あまり上手ではなかったのか、それとも勇への配慮が効きすぎたのか、真意がうまく伝わらなかったようだ。黙って聞いていた巡査部長は、最終的にこう言った、

「ほうかほうか、腹具合の悪いときは仕方ないわのう。夕べ何か悪いもんでも食べたんやろ、大事にせいよ。それにしても綺麗に洗えとらい、立派なもんや。で、今は大丈夫なんやろな? ははは」

そして、帰宅してよろしい、となったのである。学校までの帰り道、吉野内先生は「ご苦労やった」とひとこと言っただけで、そのほかのことは何も言わなかった。

葬式は、警察の本署からの調査などがあったせいで翌々日に行われたらしい。葬式がなかったのではないか、と正太は思っていた。授業中だったのかもしれないけれども、学校のすぐ裏のあたりなのに、何の気配も感じられなかった。新聞配達に行ったときも鍵はかかっていなかったけれども、家の中には誰もいなかった。

葬式があったのかなかったのか、そのことで正太は四年生の夏の日のことを思い出す。

K市から加賀山健治が疎開してきたのは二年生のときだった。色が真っ白でみんなから「白源氏芋」とひやかされていた。学校の成績が優秀だった。正太の家の近く、元庄屋の、醤油醸造場の使わなくなった部屋に住んでいたのですぐに友達になった。健治と同じように色の白いお母さんは優しかった。どのようにして作ったのか、正太の知らないお菓子をよくご馳走してくれた。それを目当てに遊びに来ていると思われたくなかったので、唾を飲み込みながらも真剣に辞退するのだけれど、お母さんの勧め方に勝ったことがなかった。

その家に遊びに行くためには、醤油醸造場の大きな蔵の中の真っ暗な土間を通らなければならない。トンネルのような通路の、はるか向こうに見える中庭の明るさに向かって歩いて行くのである。ちょうど真ん中あたりに一本の敷居が横たわっている。このあたりかなと思うところにおよその見当をつけ、足をあげてまたがなければならない。中庭の明かりとの距離から、その感じで判断するのである。初めは何度も失敗した。転んだり、蹴つまずいておでこを打ったりした。

なれてくれば不思議と正確に一跨ぎ出来るようになった。急いでいるときには走ってでも通過できるようになったのだから、正太は自分自身、感心した。中庭には、大人が手を広げても半分くらいしか抱えられない大きな松の木が一本立っていた。村のどこからでも、土蔵造りの蔵の真ん中から屋根の上高くそびえるその松を見ることができた。夏には、ずっと上のほうまでノウゼンカズラの橙色の花が連なって咲いた。夜になれば決まって、ホトトギスが松の梢に来て、「てっぺんかけたか、てっぺんかけたか！」と大声で叫び続けた。

正太らが国民学校初等科四学年の夏だった。健治が間借りしている部屋の上の、二階の大きな板の間で健治と剣道ごっこをしていた。そこが一番涼しかったからである。黒光りのする板の感触が裸足の足の裏に気持よかった。「えい、やーっ！」と大声を掛け合って、一人前の大人のような格好を楽しんでいた。

お母さんが二階に上がってこられた。おやつなのかな、と正太の頭の隅に一瞬卑しい気持が横切った。お母さんが言われた、

「健ちゃん、お父さまが戦死なさった…」

それからあとのことを、正太は今でも思い出せない。

数日後、日本が戦争に敗れた。健治の父の葬儀が行われたのかどうだったのか、全然正太の記憶に残っていない。

翌年の五年生になった春、健治はお母さんと二人K市に帰って行った。「これ、使ってくれ」と、

健治は〈肥後守〉を一本手渡してくれた。正太も一つ持ってはいたが、刃こぼれが三箇所もある代物だった。健治がくれたものは、わざわざ買ってきたのではないかと思われるほど真新しかった。正太のほうは渡すべき何も用意してなかった。

その年の夏も、夜の八時頃になると、正太のいる二階の窓にホトトギスの鳴き声が流れ込んでくる。上空を飛びながら鳴いているときは、遠くなったり近くなったり、余裕のある気分で聞き流しているけれども、蔵の中庭のあの松の天辺にとまっていつまでも同じように鳴き続けられると、距離が近すぎるせいなのか、咳き込むような、急かしているような悲痛な叫び声に、正太は落ち着いていられない。

その年から正太には、真っ暗だったあの土間の通路を通る用事もなくなった。

放課後の中学校の校庭に、毎日唱歌が流れるころになった。各学年の合唱の練習である。「全国唱歌ラジオコンクール」の課題曲は、全学年から選抜された生徒たちが練習するものであったが、その選手を含めて学年ごとにそれぞれ練習しているのは、学年末に校区内の三つの村落を回って、保護者たちに見せる「巡回学芸会」のためである。「学芸バラエティー」と名付けられ、英語・理科・農業・家庭など各科の学習発表会と、合唱や踊り、演劇の発表などがプログラムとして予定されている。

一年生の演劇の演目を選んだのは、国語担当の吉野内先生であった。それに何を思ったのか、伊藤正太、井澤勇、相馬徹、大川秀雄の四人、この「天井桟敷」ならぬ「天井裏組」を役者に選んだのである。先生が意識してやったことなのかどうか、よく分からない。登場人物の女子は、やはり仲良し同士の高島恵利子、向山奈保子、本宮千奈美、熊谷加奈であった。

演目は『友達』である。女友達が冗談半分に、谷間に咲いている白い百合の花が欲しいと言ったばっかりに、男子たちの競争が始まる。互いの威信を懸けた争いから進んでいくけれども、その中の一人が、危険な谷間の崖の途中で遭難寸前になってしまう。それをきっかけに友達全員が協力し助けあげる、という内容だった。体力面では男子にかなわない女性たちが、精神面でしっかりと男たちを勇気付け、それぞれの得意な面を結果として生かしていける、というテーマなのであった。

ところが実際の練習では、とても友達同士の一致協力などというものではなかった。放課後の練習に、学級委員会や連絡会など学校行事の都合で参加できなかったり、個人的な家庭の事情が急に生まれたりした。

勇と秀雄は野球が好きだった。といっても運動場の隅っこで、二人でバッテリーを組んでキャッチボールをしている程度のものだったが、勇は、新聞店を通して毎月正太が購読している月刊誌『野球王』を、誰よりも早く読ませてもらっていた。一冊四十円もするものだったから、自分で稼いでいる正太のような〝金持〟でなければとても手に入るものではなかった。〈赤バット〉の川上哲治とか〈青バット〉の大下弘などが毎号写真入りで載っていた。

勇はまた、卓球も得意だった。時間があれば、講堂の卓球台で上級生などを相手にその腕前を披露した。庭球もラケットを持たせば先生方を走り回らせるほどの腕前だった。しかし小さな運動場に急ごしらえのネットを張って庭球場を作れるのは、みんなが下校したあとである。それも主に先生方の娯楽だったから、勇たちにはめったにテニスボールに触る機会が回ってこなかった。とにかくあれもこれもと勇たちは忙しかったのである。演劇の練習でもっともいけないのは、誰かが、何が原因かはっきりしないまま急に、へそを曲げて帰ってしまうことがあるのだ。「誰がコセテしもたんぞ、今日は」と残った者が愚痴るほかはない。〈コセル〉とは鶏が一時期急に卵を産まなくなり、言うことを聞かなくなる現象をいう。そんなこんなで練習は遅々として進まなかった。

それらを見越していたのか、吉野内先生は学年末の発表会なのに、二学期の半ばに台本を渡して練習を始めるよう命じたのである。いつまでも大きなお荷物を背負っているようなものなのだが、そればかりを意識し負担に思うようなことは、誰も感じなかったようだ。あれもこれもと、こなさなければならないことが多かったけれども、のんびりと自然に、それなりに取り掛かればいいという柔軟性が、全員に備わっていたのだろう。ゆるやかな〝競争原理〟というものもないではなかったが、すべてに余裕があった。もともと周りの状況がそうである。来年の三月のことなんだからと、みんなののんびりと構えていた。

「三月になったら、谷間の百合なんかしぼんでしまうわい…」と秀雄が口走ったら、加奈が気取っ

た口調で言ったものだ、

「三月まで咲いてる百合がありますか、夏が終わればとっくにしぼんでます…」

秀雄は負けずに言い返す、

「谷間にまだ雪があろうかという三月に、真夏の演劇とは役者さんもご苦労さんです。加奈ちゃんら、半袖の薄いシャツでお出ましね…」

「男子やって同じよ、半ズボンに半袖シャツ、寒い日だったらどうするの」

この遣り取りが、現実に的中するとは。三月の終わり、霰が降り注ぐ会場で観客たちの苦笑を招くことになろうとは、誰も思わなかった。

晩秋の日の放課後、〝のんびり一座〟の練習が、その辺の草むらで鳴いているキリギリスのように、細々と途切れ途切れに続けられた。

三郷の辻

正月が近づき、年末年始の冬休みがやってきた。

休み期間、交代で登校しなければならない日があった。それを「労作当番」といった。学校で飼育している牛・豚・山羊・鶏の世話をするため、四五人のチームを組んで登校するのである。チームはいずれも一年生から三年生までの混成である。

年末の風の強い日、徹と秀雄が二年生の吉村次郎さん、三年生の松原卓也さんと一緒に作業をしていた。

牛や山羊には「食《は》み」（餌のことをそう呼んだ）を遣る。草や藁などを切断する道具を「食み切り」といった。それで四五センチに切ったものに糠などを混ぜれば、牛の「食み」となる。作業のうちもっとも危険なのは、「食み切り」で左手の指を切断する人がいることだ。

初めての日、三年生の松原さんは、俺がやって見せるから、それを見てからやれ、と徹に言った。秀雄のほうは農家の子だから特に心配ないと思ったのだろう。その秀雄でも家の手伝いでは食み切りなどは両親が避けさせている傾向がある。農作業にはそのどれもが要領のようなものがあって、それを体で覚えない限り能率が上がらないばかりか、危険なことが少なくない。藁すべ一つで目玉を突いただけでも大変なことになる。町医者や学校医はいるけれども、病院などというものは百キロも離れたK市まで行かなければならない。

そのほか注意しなければならないのは、機嫌の悪い牛の角でつつかれたり、足で蹴飛ばされたりすることだ。

鶏は飼料が置いてあるし、ときどき鶏舎近くの庭に出してやればいいから簡単である。豚の餌は、丸麦とか野菜の葛、薩摩芋を切ったものなどを混ぜて大きな釜でゆでる。巨大な雑炊といったところだ。これがもっとも時間と手間がかかる。

風の強い今日のような日、竈の火に気をつけなければならない。四人のうち二人は常に火の傍から離れることはなかった。というよりも四人ほとんど一緒に竈の前にいた。暖かくもあるし退屈しないためにも都合がいい。

昼の時間になった。徹は弁当はないといい、家に食べに帰るとも言わない。吉村さん、松原さんは麦飯入りの弁当箱を出してきた。秀雄は農家だから大きな握り飯を二つ持ってきていた。上級生は徹のことを聞いても特に驚くこともない。家によってはよくあることなのだ。

「俺らのを少し食え」と勧めた。徹は、それは困る、と断った。「何でや？」と訊くと、「癖になる」と言う。その意味がみんなにはよく分かる。いつもそのようにして食糧にありついていたのでは、いわば「乞食」と同じことになるのだ。

松原さんは「ちょっとまっちょれ」と言って、豚小屋のほうへ走って行った。帰って来たとき両手から二つ、ポケットから二つ、つごう四つの大きな薩摩芋を取り出した。豚の餌となるものの中から、比較的綺麗なものを選んで来たのである。一部分は黒ずんで、そこを食べたりすれば苦い味がする。人間が食べられないようなものを豚の餌として活用する。

「これなら美味いぞ、そこの網、取れや。その前に包丁とまな板」

まな板と言っても、豚の餌をぶちきるための大きな板に過ぎない。

「洗わんでもよかろ、焼いたあと気になるなら皮だけ取れや」

と言いながら、松原さんは薩摩芋を一センチ余りの厚さに輪切りにする。

「肉にしてから食べる前に、先回りして食べるだけやけんの…悪いこっちゃないやろ、豚肉なんか、めったに俺らの口には入らんけんの」

「それにしても誰らが食べよるんかの、豚の肉…」と吉村さん、

「おらぁ、知らん」、松原さんは四つの芋を手早く輪切りにした。その断面を見れば、確かにところどころ黒ずんだ部分がある。気にするほどの面積ではない。徹は、早くも唾が湧いてくるのを覚える。

「すぐに焼けるけんの…」、吉村さんは竈から引き出した熾の上に網を置き、薩摩芋を並べながら言う、

「あの三ツ矢のサイダー飲んだときは驚いたのう。こんなうまいもんがあったんか、と人生観が変わったわい、そうやろう？　みんな」

太平洋戦争が終わった年の秋、全校生徒が職員室の前の窓の下に並んで、一人一本ずつ「三ツ矢サイダー」を受け取ったことがある。何でも特攻隊が出撃の前に飲むものなのだそうだ。戦争が終わったからみんな無料で配給になったものらしい。

吉村さんの家でも家族六人全員が、晩御飯のときに少しずつ飲んだ。驚くほど美味しかった。世の中にこんなものがあったのだ、となぜか悲しい気分になった。底のほうに四分の一ほど残し

て、両親は栓をして卓袱台の中にしまった。ところが明くる朝、みんなで口にしたときは、まるでうす甘いだけのただの水のようだった。炭酸が抜けるなどということは、大人だって知らなかった、と吉村さんは話した。

薩摩芋の輪切りは、すぐに焼き上がった。ほくほくと湯気の立つ栄養満点のご馳走だ。黒い部分とごつい皮を取り除けば、豚に食べさせるのはもったいないというものだ。秀雄は遠慮する徹に握り飯の一つを渡した。焼きたての焼き芋のほうも食べたいのである。体も暖まろうというものだ。

「これに煮干とかコンコウがありゃ、言うことないけんど…」と松原さんは、薬缶のお茶を注ぎながら言う。コンコウとはたくあんのことである。

「あ、そうや」、松原さんは何かを思い出したらしい。「お前ら、鶏舎の卵、まだ集めてなかったやろ、飯がすんだら行ってきてくれや」と徹と秀雄に命じた。

二人が鶏舎から卵を集めて帰ってくると、松原さんは「幾つ産んどった?」と聞いた。数えてはいなかった。二十個近くあるのではないだろうか。吉村さんが籠の中から取り出して土間の新聞紙の上に並べる。十八個あった。

「うーん、今日はちょっと少ないかのう…」、松原さんはうなるように言う、「秀雄、そこの〝当番日誌〟取ってみいや」。

日誌の何枚かをめくっていた松原さんが、ちょっと見てみろ、と二人を呼ぶ。これまでの数日の産卵数を見ろ、というのである。多いときで二十五個、あとは二十個を上下している数字である。

「バランス取らんといかんけんの、今日は厳しいのう」と吉村さんのほうを見て「どうする?」と訊いている。「うーん、二つで十六か、仕方ないやろ、今日は、ついてない…」と吉村さんが言う。

「徹には悪いけど、二つで我慢せいや、俺は今日はいらんけん」と松原さんは言った。吉村さんが卵を二つ取り上げると、そっと薬缶の中に入れ、火の上に掛けた。

毎日の産卵数に合わせて、当番日誌の「産卵数」の欄が調整されるのだそうだ。つまり多い日には沢山の卵が、ゆで卵となって労作当番の口に入って行く。

「やってはならんことなんやけんど、やるんや」と松原さんは天井を仰いで言う、「卵なんかいうたら、正月やお祭りか、それに人が死んだときくらいでないと、食べたこともないもんが一杯おるやろが。上級生の責任でやっとることやけんの、お前らは心配せんでええ…、ほんでも、横取りいうことやけんの、鶏には悪いとは思わんが、これは〝不実記載〟とか言うことなんかの?

吉村」

「よう分からん、〝二重帳簿〟いうのと違うんか?」

「も一つ、帳簿がある場合やろが、それは…」

「ほうか、確かに。それでもどうや、あんがい職員室にもう一つ帳簿があったりしての、へへへ」と松原さんは変な笑い声を出した。

「それで、秀雄よ、この日誌に変なところがあるが、分かるか？」

隅々まで見てみたのだが秀雄には分からない。松原さんによれば、牛も鶏もみな、その頭数を記載する欄がない、というのである。

「鶏は、数えてみたか？」と訊かれたが、もちろんやったことがない。「卵じゃのうて、鶏のほうが一羽二羽と減っておってもいいのかの？」

言われてみればそうだ。確かに三十羽ほどいるはずなのだが、確認をしたことはない。牛は二頭だから数えなくても分かる。豚は親豚が一頭、仔豚が五頭、計六頭である。頭数などを記録する欄がないということは、そのような異変は起こらないという前提なのであろうか。

「これじゃ、一羽二羽、貰うて帰ったやつがおっても分からんわいのう」

松原さんのいうとおりだ。毎日の食べ物に困っている家庭は徹の家だけではない。

茹で上がった卵は二つ、殻を剥いて二つとも半分に切り分けた。そのどちらも黄身が二つあった。「へえー、珍しや、みんなで一つずつじゃ、神様も味なことをなさる」と吉村さんは、松原さんにも一つを渡した。みんなぱくりとただの一口だ。しかし特別に味わいのあるものであった。

「なぜ黄身が二つあるのか、知っちょるか？」と松原さんが訊く。誰も知らない。

「若い鶏の産んだやつなんや。若いうちは殻の方の生産が間に合わんので黄身が二つ入ってしまうんじゃ」

上級生になると何でもよく知っているものだ、と秀雄は思う。家にも鶏が沢山いるが、親は何もそんなことを教えてくれない。松原さんの言うことが本当なのか、作り話であるのかよく分からないが、理屈には合っていると思う。

〈労作当番〉は、先生が教えてはくれないことを先輩たちから直接教わるところでもあった。それはまた秀雄らが上級生となるにしたがって、下級生に教えなければならないことでもある。机の上でではなく、体で直に覚えることばかりである。ただそのことを本人たちが意識していないことは確かだった。

その上級生たちとあるとき険悪な関係になったことがある。それもたったの一日間、細かく言えば数時間である。

この労作当番の日から一年余り経ったある日、徹らは二年生、吉村さんらが三年生で間もなく卒業を迎えようとしていた。

徹たちのクラスの者が、「あの山田バッポは、絶対に懲らしめんといかん」と言い始めた。理由は「偉そうな」ということであった。「バッポ」とは方言で餅のことである。三年生の山田良介は真っ白な顔をして、それがまん丸に近かった。その上、学校で一番の長身と来た上に、なぜか低音で大声なのである。彼が近くに寄って来て何かしゃべると、誰しも威圧されたような不快な気分になるらしい。声がして振り返れば、あのまん丸で真っ白な顔が見下ろしているというわけだ。

恨みを持っていた者が言い出しっぺだったのかも知れない。「だいたい、三年生は偉そうなんや」というところまで発展した。「明日の放課後、山田バッポが下校するときにやっつける、場所は、あれがみんなと分かれて中瀬川の谷に入る、三郷の辻じゃ」と、御触れのようなものが二年生のみんなに伝えられた。初等科一学年のとき、千恵ちゃんのお参りに通った、あの三郷の辻が決戦の場となるらしい。

当日の放課後近くになって、山田バッポがやられる、という噂が三年生にばれたらしい。三年生は全員、三郷の辻に集結するぞ、との情報が入った。徹たちが見ていると、確かに山奥のほうに帰らなければならない者、五本松の峠を越えて帰宅するはずの者までが、校庭のしもての通用門から出て、川下のほうに向かうではないか。

二年生も全員で当たらないと返り討ちに合うぞ、ということになった。あちこちで数人、ががやひそひそとやっている中で、誰も俺は嫌だとは言わなかった。いや言えなかったのであろう。徹も秀雄も、卑怯者のレッテルを自ら貼るような気がして、「大勢のほうがいいぞ」などと口走っていた。もちろん正太も勇の顔も見える。

作戦を立てる間もなく、指揮をとる者が誰なのか、首謀者が誰なのかはっきりしないまま、ぞろぞろと校門を出た。傍目にも滑稽だったのは武器が定まっていないことだ。竹箒を担いでいる者がいる。釣竿のようなへなへなした竹を一本掲げている者もいる。何故か強力な効果を生むだろう木刀のようなものは誰一人持っていない。秀雄も三十センチほどの長さの竹の棒を腰に差していた。

「海軍の牛蒡剣か、それは」と正太が冷かした。

「お前は何でやるんぞ」と秀雄が聞けば、「俺か、俺はこれじゃ」と言ってポケットから出して来たのは、あの健治がくれた〈肥後守〉だった。

「おりゃ、死んでしまうぞ、おそろしや、正太は本気か？」、秀雄は魂消てしまった。

「相手は上級生やけんの、吉村さんにしろ、あの山田バッポにしろ、山奥のだれにしろ、おそろしく腕力の強いもんばっかりやろが…」

正太はそう言いながら、確かに恐ろしい連中を相手にしようとしているのだ、と改めて気持の悪いものを覚えるのだった。

「殺し合いじゃないけんの、懲らしめるだけなんやけん、そんなもの出すなよ」

秀雄は本気で心配している。

ぞろぞろと連なる人数を秀雄は、およそ三十人余りと見た。二年生は女子も入れて八十人である。A、Bクラス合わせて男子のほとんどが参加していることになる。

「こりゃ、偉い戦争になるな…」と心のうちに思った。「三郷の辻の大決戦」として歴史に残るのかも知れぬ。それにしても山田のバッポに恨みを持っているのは誰だ。それがはっきりしてないところが、一番こころもとない。

三郷の辻に着いてみて驚いた。田んぼの石垣の上に集まっている三年生は十人ほどではないか。数えてみると正確には九人だ。やはり山田バッポの白い丸顔が目立っている。あの吉村さんの姿も見える。秀雄たちは、三年生の数の少なさに拍子抜けがした。ところが、

「どこかに隠れとるぞ、油断すな！」とおらんだものがいる。確かにあたりには農家の物置もあれば、竹やぶもある。中瀬川にかかる橋げたの下も怪しい。二年生たちはぐるりと周りを見回した。挟み撃ちに合うとまずい。三十人余り、いつのまにか団子のように固まっていた。その態勢のまま道路にそってバッポたちに近づいて行く。

突然、三年生は姿勢を低め左右にパッと散開したではないか。姿を隠す、その素早いこと、こりゃ何だ？　まるで忍者のような動きだ。「ぬかるな」と思わず二年生も姿勢を屈める。

そのとき、雑木林の中から突き出た岩の上に、ぬっと現れたものがいる。真田恭一だ。眉毛の濃い赤黒い顔、への字に結んだ口、少し蟹股である上に腕まで蟹のようにいからせている。走り高跳びも幅跳びも鉄棒も徒競走も、いつも一番、全校でその名を知らない者はいない。〝猿飛佐助〟とあだ名があるが、本人は真田幸村の子孫だと自認している。

「おーっ、佐助！　お前一人かーっ」

誰かが叫んだ。二年生みんなが真田のほうを向いた。

「腰抜けどもは、お前だけ置いて逃げてしもたんかー」

口の達者なのがいるものだ、と秀雄は思う。このとき三年生は、確かに一目散に逃げていたの

である。二年生がこれほど沢山やってくるとは思ってなかったらしい。

包囲された形で岩の上に取り残された真田の顔色が変った。赤黒い顔がさらに赤みを増して赤銅色になっている。色合いだけでなく、見ている秀雄もなぜか背筋が寒くなるような感じを覚えた。それは真田の表情から伝わってきたものだ。眉毛と口元は依然として厳めしかったけれども、なぜか今にも泣き出しそうに感じられた。直感的にこれはえらいこっちゃ、と思った。

「おどりゃー、皆殺しにするぞーっ」

二年生は勢いづいてまだ喚いている。皆殺しと言ったたって目の前にいるのは一人ではないか。真田の動きが落ち着かなくなった。逃げ道を探しているらしい。

そのうち、気の毒に、猿飛佐助ともあろうものが、という気持が秀雄だけでなく、みんなに伝染したのである。

「覚えとれよー、承知せんぞー」

勇ましく口々に〝シュプレヒコール〟を唱えながら、誰からともなく包囲網を崩したのである。やって来た道路に引き返す者、秀雄のように反対側の小さな農道を帰る者、三々五々、いつの間にか流れ解散のような形になっていた。

道端にシロバナタンポポが一輪咲いていて、こちらを見ていた。秀雄は、何気なく理由などもはっきりしないまま参加した自分のことを考えていた。山田バッポは決して好きではないが、制裁を加えなければならないこともなかった。三年生に恨みなどあるはずもない。脅威というよりも畏敬の念のようなものさえ抱いている。おそらくそれは女子生徒の存在が影響していると思う。一年生の頃、二年生や三年生の女子はみんな優しかった。誰一人として下級生に冷たくしたり、嫌味を言うような者はいなかった。これが男子同士だけだったなら、こうは行かないだろう、と秀雄は思う。何回も〈放課後の決闘〉が行われていたかも知れない。

誰があおったのか、〈三郷の辻の決闘〉は無駄な感情を呼び起しただけではなかったのか。主体性もなく大勢の流れに付いて行った自分が卑屈に思えなくもない。これが〝自己嫌悪〟というものだろうか。一緒に歩いている者も誰も言葉を発しない。黙って歩いているだけだ。みんな学校へ寄ることもなく、ばらばらにそのまま消えてしまった。

二階の自分の部屋に帰ってから、秀雄はぼんやり考えていた。以前にもこんないやな気分に陥ったことがある。あれはいつだったのか。そうだ、思い出した。初めて、自分の意思で昼からの授業をサボったときだ。それも春夫らの「一味」に誘われて断りきれず、いやいやながら〈山賊嶽探検〉に加わったときだった。

全員で六名だった。学校の南側にそびえる〈シャバガナル〉の斜面の上部には、大きな四角い岩石が山中に突き出している。その昔、山賊が住んでいたという岩穴の中を探検しようと持ちかけられた。それは放課後でも実行は出来ることであったのに、主眼は授業をサボることと、何人かを誘い入れることにあったようだ。

持参するものの分担も決まっていた。明かり用の松明にする松の木切れ、懐中電灯のある者は懐中電灯、焚き付けの薪、食糧とする〈ひがしやま〉、これは薩摩芋をゆでて輪切りとし、日干しした保存食である。マッチ、細紐など。

午後の授業開始のベルの鳴るのを待って、学校の石垣の下を、探偵映画のように身を潜めながら移動する。そんなことをしながらシャバガナルの森に入って行った。藪山に道はなく登りづらかった。学校に声が聞こえるといけない。小さな声でぶつぶつ言いながら山賊嶽に近づく。岩の下に出た。見上げれば予想外の大きさである。トラックが三台ほども重ねて入るだろうと思われる大きな穴が開いていた。誰かが岩を組み上げたのではないかと思えるほどである。

入口から少し入った十畳敷もありそうな広場で松明に火をつけた。そろりそろりと奥に向かう。洞穴は左に向かっていた。そこからは左斜めに傾斜していて急激に狭くなっている。体をゆがめ、バランスを取りながら一列になって進む。懐中電灯は、まるで使い物にならない暗さである。

初めて入る岩穴の中は特別のものとも見えない。

ところが、先頭を行く春夫が突然「わーっ」と叫ぶと「早よ出い！　早よ、下がれ、出てくれ！」とばたばたし始めた。こんな斜めの体勢で簡単に回れ右出来るものか。後ろ向きになりながら「どしたんぞ？　何がおったんぞ？」と誰もが口走る。そのときは松明の煙のせいで目は痛くなるし、咳き込み始める者もいる。

「ゲジゲジや、ゲジゲジの集団じゃーっ」と、春夫の声は上ずったままだ。

見ればなるほど、こちらの頭上にも無数のゲジゲジが蠢いているではないか。頭に当たると、そこがハゲになるといわれている。帽子など誰もかぶっていない。ゲジゲジは松明の煙に刺激されたに違いない。いまにもバサバサと落下して来そうだ。首筋のシャツの間にでも入り込んだらどうする。喚きながら入口の広くなった部分まで逃れ出た。「あー、煙たい、たまらん」と松明を広場の真ん中に投げ出す。

「まだ、奥はあったんか?」と、春夫に訊く。

「穴は上にあがっとった」と春夫は答ながら「何も面白いとこじゃないの」と、もう奥には行きたくないような口ぶりである。「ひがしやまでも焙って食うか」と松明を集め火を大きくしようとした。

岩穴の外に出ていた一人が、「おおごとじゃ!」と顔色を変えて駆け込んできた。「どした、どした」とみんなも外に出る。指差された岩の上を仰いでみて、全員大慌てとなった。

岩の一番上の辺りから、もやもやもやと、青白い煙が湧き出ているではないか。岩穴はあの上まで続いているのだ。あの煙は自分たちの松明のもの、まるで煙突のようになっているのだ。これでは、里のほうから、もちろん学校からも丸見えではないか。山火事だと思われたら、一巻の終わりだ。

「火を消せ!」と誰かが叫んだ。みんな岩穴に駆け込む。そのあたりの木切れや葉っぱで燻っている松明を叩きまわった。半消えとなった松明は、ますます煙を湧き上げる。そこら中が煙で真っ白になる。見れば、どんどん穴の奥に流れ込んで行く。巨大な竈と同じ構造なのである。

何人かが外に出て見上げる。先ほどとは比べ物にもならない煙が噴き出している。

「こりゃいかんぞ、えらいこっちゃ」、今にも半鐘が聞こえて来そうだ。偉いこっちゃ。

再び中へ駆け込むと、春夫が叫んだ、

「おい、みんな、しょんべんで消せ！」

言うなりもう、大事なものを取り出した。遅れじと、全員丸くなって、松明を真ん中に一斉放水だ。そのときあわてて、ひがしやまを拾い出そうとした者がいた。

「あほー！　そんなもん、ほっとけ！」とみんなが怒鳴る。

それぞれ機能に個人差はあるものの、六人の放水は予想外に効果があった。たちまちにして火が消える。湯気のようなものだけが残る。微妙な匂いが漂っている。みんな呆けた顔で立っていた。

外に出て岩の上部を確認する。煙はほとんど出なくなっていた。「煙突」の穴は直行して短いようだ。

このままの気分では面白うない。誰言うでもなく岩の天辺に登ることにした。岩そのものを直接登攀することは出来ない。岩の傍の急斜面を、草や小枝にすがりながら上に登る。

岩の天辺は意外と平たく、ある程度の広さがあった。高度感はあるが、岩の先端に小さな松や灌木が生えているせいか、それほど危なさを感じさせない。

盆地に広がる滝野の集落が全部見える。社会科で習ったいわゆる「街村」というものだ。往来を鋏んで人家が並び集まっている。何よりも自分たちの小中学校が真下だ。四角い運動場にL字型に校舎が建っている。

六人全員、黙って景色を眺めていた。学校から微かに合唱の声が昇ってくる。風に乗って大きくなるときもあれば、消え入るように小さくなったりもする。後ろのほうで松の梢に吹く風の音が大きく聞こえるときもある。

曲は「庭の千草」だ。――庭の千草も、虫の音も……――、途切れがちに繰り返し流れてくる。秀雄は思った、あの合唱は自分たちのクラスではない。いまは確か国語の時間のはず、吉野内先生が教壇に立っておられるだろう。恵利子や奈保子、それに正太たちが神妙に授業を受けているに違いない。

運動場に人っ子ひとり見えない。そのせいか妙に寂しい気がする。「庭の千草」は繰り返し風に乗って昇って来た。

その後、〈三郷の辻の決闘〉も〈山賊嶽の探検〉も誰にもとがめられることもなく、また誰も話題にすることがなかった。何事も、まるで無かったかのように過ぎ去ってしまった。上級生たちとの関係はいままでどおり穏やかに続いており、なによりも、吉村さんたちが卒業したあとの新学期から、秀雄らを最上級とする中学生たちが残った。ただ秀雄は、あの〈探検〉以来、春夫たち一味とは距離を置くようになった。都合のいいことに向こうからも声がかからない。敵対心や対抗心というのでもなく、単純に無関心のままに過ぎていた。相性が悪い、というだけのことなのかも知れない。

旅役者たち

全校生徒が取り組んでいる、村内の各集落の保護者たちが楽しみにしている「学芸バラエティー」が近づいてきた。

ガリ版刷りのプログラムも出来上がり、正太たち一年生最後の期末である。春休みは間もなくだ。その直前の三月末、滝野小学校での「学芸バラエティー」からスタートした。

学習発表や合唱などが、平穏に進んで行った。演劇だけは、どのクラスも苦心しているようだ。滝野小学校では観客はもっとも多いのに、「初演」であれば役者たちはどうしても緊張したり上がったりしてしまう。

講堂の演台が舞台だった。三年生の演劇では第一幕の冒頭で、男子生徒が走り込んで来る場面があった。その主人公は下手から飛び出して来て急に止まろうとしたとき、思いっきり派手に、舞台の中央に「どってん！」と滑りこけた。その迫真の演技にみんな一斉に拍手した。それはとても大きな音を伴っていて、転んだあと急いで立ち上がった「役者」の表情の痛そうなこと、その上手な演技は喝采ものであった。

一年生の、真夏を舞台にした演劇『友達』の順番が来た。楽屋、といっても講堂の隅っこの、舞台のそでに過ぎなかったのだが、出番を待つ正太に、恵利子は「あの三年生の転んだところ、台本にはないことなんよ」と囁いた、そして「正ちゃんも気をつけてね」と付け加えた。親切で言ってくれたのだろうが、胸の鼓動を必死に抑えながら舞台に走り出ようという直前に、恵利子は何を言う、びびるじゃないか、と思う。

現実は条件が異なっていた。三年生の舞台は畳敷きであった。靴下のまま走り出たものだから、急激にブレーキをかけて畳の目のままに派手に滑ってしまったのである。観客には好評だったのだから「怪我の功名」というものであろう。正太の場合は屋外の場面である。しかも遥か下方に白百合の咲いている崖の上の設定なのだから、転んだりしたのでは谷間に転落だ、話にならない。靴も履いていることでもある。走り出るのは同じではあるが、転ぶことはあってはならない。

ところが正太は、三年生よりもはるかに悪い結果を招来した。練習のとき、秀雄と加奈が「三月の寒いときに真夏の演劇で…」と冗談半分に会話していたが、その矛盾が極端に現れてしまったのである。

滝野川を遡った奥山小学校での公演は、特別に寒い日だった。ときどき霰がガラス窓に当たったりしている。舞台の袖にいるとき、正太の膝が震い始めた。武者震いではなく寒さのための体の防御反応だ。なにしろ半袖半ズボンなのだから仕方ない。足踏みや体操をしてみるが、止まるどころか、ますます元気に震い始めるではないか。震えを出来るだけ見せないよう我慢すればいい、と正太は考えた。

舞台に出た。台詞はうまく進んでいる。

「あんなに下のほうに咲いている白百合、どうやって、採ってくるのだ」

「さっちゃんが欲しがってる、俺は行く」

などとやっている間に、震えは体全身に広がった。わっさわっさと、これでは観客に覚られまいなどというものではない。力を入れれば入れるほど奇妙にガクガクする。観客の中から「クスクス」という笑いを抑えた声が聞こえて来た。他のものが台詞をしゃべっている合間に、正太は観客のほうを見た。

その瞬間、大きなくしゃみが出た。とたんに観客は「ぶはーっ！」と吹き出したのだ。笑い声が広がった。そのあと大部分の人が拍手を送ってくれたのだが、まるでそれに応えるように、正太は続けざまにまた二つもサービスしてしまった。会場は大笑いである。正太は、震えながら汗が出る、という奇妙な体験をしてしまった。

筋立てだけは乱すことなく演劇は無事終了した。悪いのは、このやたら寒い天気なのである。三月のもっとも寒い日に真夏の白百合とは、演目を選んだ吉野内先生も先生だ。楽屋ですれ違ったとき、先生は「ようやった、ようやった」と言っただけ、忙しそうにほかのことに没頭していた。済んだことは仕方ない。

恵利子がまた要らぬ感想を述べた、

「すべりこけはしなかったけど、ついてなかったね正ちゃん、風邪引かないように気つけてね…」

ありがとう、などと言えるか。何か言い返したいのだが、適当な言葉が出ない。思わず、

「さっちゃんが、白百合を採ってきてなんて言うけんじゃ」と唱えた。

さっちゃんは、恵利子の演じた主人公の名前である。

「ほんでも、欲しいものを正直に言うただけよ」

と恵利子は切り返した。演劇の続きのようなことをやり合っても仕方ない。

五本松の峠を越えた向こうの集落、そこは萩山小学校の校区である。ここでの公演は、春の暖かい日となった。

萩山川の上に広がる河岸段丘の中間地点、わずかに小高い丘のような地形の、その頂を整地して均した場所に萩山小学校は建っていた。木造平屋に六つの教室と講堂、そして職員室が一棟続きとなっている。

講堂の裏に回ったとき、懐かしい匂いが鼻をついた。すぐに判断できるものだ。あの白壁の、土の壁の壊されたときの、埃のような空中に漂う土の粉末の匂いである。どこか修理でもしてい

るのだろうか、正太は見回して見るのだが、そのような形跡がない。ただ天井近くの隅っこに、鼠が出入りしているのだろうか、赤土の剥げ落ちた部分に数本の小舞の竹が見える。その崩れた部分から僅かに風が吹き込んでいるのだった。懐かしい匂いは、その土壁のものだ。

二箇所で二度の公演を行った正太たちには余裕が生まれていた。出番までの待ち時間、男子だけ四名で、小学校から連なる河岸段丘の先端まで出かけて見た。畑中の道を少し下っただけの、講堂からの合唱が聞こえてくる距離だった。

いま流れている曲は、確か三年生女子の二部合唱、放課後の校庭で聞きなれたものだ。正太は二年上級の香山郷子さんから、鉛筆手書きの歌詞を書いてもらった。

その、大木惇夫作詞、長谷川良夫作曲『希望の歌―新しき少年少女におくる―』、繰り返し毎日の放課後、耳にして来た女声二部合唱である。

――こころの清き者こそは　仰げ、楽しき朝雲を……――

静かさのうちに、どこか心弾ませるものを潜めている。女声による歌声は慰めるような優しさを加える。

いま、畑の上を吹く早春の風にのって背後から流れてくる。香山さんたちはもうすぐ卒業だ。この曲は、この年「全国唱歌ラジオコンクール」中学校の部の課題曲となった。

正面の、萩山川の深い谷を隔てて、向こう岸の同じような高さにある河岸段丘に視線を投げる。稲木の骨組みだけの残る田んぼの中に、うっすらと緑の色が蘇り始めている。点在する農家の屋根を囲むように、樹木がかたまって深緑色だ。向こう岸は、正太たちの村とは違う隣村・藍川村である。郡内の競技大会などの時、そこの見知らぬ生徒たちと出会うことがあるだけだ。自分たちの領域外の土地である。

——山に鳴く鶯の、声ものどけく、真昼の陽はうらら……——

二年女子の女声二部合唱も始まった。

徹も勇もそして秀雄もみな無口だ。日頃見かけない風景には、沢山の意味を読み取ることが出来る。そこにある何かが、日常と同じような佇まいでありながら、どこか眼の奥のほうから静かに語りかけて来るものがある。未来の漠然とした何かのようでもあり、すでに正太たちが出会った、いまだ得体の知れない、それでいて必ず付き合っていかなければならないもの、であるようにも思えた。

風の中、上級生たちの歌声を耳にしながら、その視野の広がりに佇んでいる。鶯がずっと囀っている。

呆然としていながら、まだ見えぬ多くの出来事が、自分たちの向こうに立ち並び次々と姿を現してくるだろうことを、心の片隅に覚えないわけではない。その微かな予感のままに、彼らは早春の風の中に立っていた。

小さな校庭の片隅の梅の木は、花をとっくに終わらせ柔らかい若葉を伸ばしていた。桜の蕾が膨らみ桃色に染まっている。

半ズボンになれば、まだ幾らかは寒さを感じる。しかしもう、舞台の上で膝ががたがたすることはない。数日前のあの失敗がうそのように思える。恵利子たちの夏服姿も気持いい。この学校での最後の公演を少し惜しむように楽しんだ。

すべてのプログラムが終わる頃、窓の外に静かに雨が落ちていた。今年初めての春雨、音もしない細かな雨脚だった。

杉鉄砲

春休みに入ったある日、吉野内先生から『友達』の演劇組に呼び出しがかかった。五本松の峠を越え、借りていた番傘を返しに萩山小学校までみんなで「遠足」なのだという。

傘を返しに行くだけなら、何も全員でなくってもよさそうなものなのに、そう思ったのは正太だけではなかった。八名全員にこだわるところを見れば、それは、ささやかな「慰安旅行」なのだった。あまり格好良くない番傘を一本ずつ担がせて峠を越えるなんて、奥山狸でもあるまいし、

「今度は時代劇やって」などと悪口をたたきながら学校に集まった。

先生は五本の番傘を一つに束ね、紐を括りつけて背負子のような塩梅にしていた。最初に担がされたのは徹だ。背負った姿は見たこともない奇妙なものだった。みんなで大声を出して笑った。途中で交代というが女子には分担がない。こんな道化役者は当然男の役割であろう。それほどの重量はなくても力仕事ではある。誰からも異論は出ない。学校中を探せば、こんな仕事の似合う女子が一人くらいは居そうではあったが。

赤土の、蛇行した峠道を行く。小さな花々が目に付くのか女性陣は道草が多い。吉野内先生まで丁寧にお付き合いをしている。初めのうち、これでは時間がかかるばかりではないか、と不満を覚えていた正太たちもそのうち慣れてしまった。自分たちなりの楽しみを見つけながら行く。

秀雄は藪椿の葉っぱをもいで、草笛にでもするつもりか「プィー」などとやっている。徹はどこからかイタドリを見つけてきた。その皮を剥ぎ、かじっている。喉の渇きには助けになる。勇も「早いの、今年は…」と三本ほど手にしている。加奈に手渡そうとしたのだが、受け取らない。「お上品振っちょる」と勇は嫌味を言った。「男子のように食い意地は張っちょらんの」と加奈も負けてはいない。

正太は、先生が女子組に教えていることに少し耳を傾けて見る。ホトケノザとかペンペングサ、タネツケバナ、ヒヨコグサ、それにオオイヌノフグリ、シロバナタンポポなどと、次々と名前が出ている。正太もその幾つかは知っている。オオイヌノフグリをさっさと済ませてしまったところなど、さすがにずるい。それにしても、まるで理科の授業ではないか。さらに注意して見ると、これらはみな花をつけているもののようだ。赤や黄色、水色や白い花の色が綺麗だと、みんな口々に喚いている。吉野内先生は小さな虫眼鏡まで用意していた、それも三つほども。ときどき「キャーッ」などと言っているのは落葉の下からカナヘビでも出て来たのであろう。

これじゃ相当な道草だ、弁当もいらないと言ったのに、昼までに萩山小学校へ着くのだろうか、といっても急いでこの「遠足」を終わらせる必要性もない。正太は、道をそれて藪の中に入って行った。藪の中から出て来たとき、手には数本のスズダケを握っていた。それを見た徹は、「俺にも少し呉れ」と言いながら「おい、勇、交代」と勝手に番傘の束を道に下ろした。勇は「まだ、指令は出とらんのに…」と言いながらも担ぎ上げている。

「これは、お前が持ち役…」と、正太と徹が、残りのスズダケを秀雄に手渡す。

「出来上がっても、弾がここらにあるかの?」と秀雄は素直にスズダケを受け取る。

「こないだ、学校の裏山には沢山あったけんの。五本松のあたりには杉山もあったやろ」と徹は答える。「うん、間違いない」と言いながら、正太は〈肥後守〉を取り出した。

「お前らだけでやれよ、戦争は。俺は見るだけぞ」と秀雄は注文をつける、「標的にされるのは真っ平ぞ」

「その心配はいらん、かっこうの的が見えんかの…」と徹、「おお、おお」と男子四人は、変な笑顔を交わした。

徹も〈肥後守〉を取り出して、歩きながらスズダケを工作している。

鶯の声がそこら中にあふれているが、誰もそれを意識する者もいない。それは当然のこととしてそこにあり、そこにその声がなければ、それこそおかしい、変じゃないか、と問題になるのであろう。

遠くに山桜の幾本かが花を開き、木々の芽吹きは赤紫に斜面を飾り始めている。ヒサカキの花の甘酸っぱい匂いが涼しい風に乗って嗅覚をくすぐる。山鳩のくぐもった声が林の中に埋もれて行く。若葉の出始めた櫟の梢から「チピーチピー」と四十雀の囀りが降って来る。途切れがちに遠く、春蝉が「ギー、ギー」と鳴いている。それはそのままに、ごく普通の当たり前の風景であった。彼らにとって話題にするほどのことではない、三月末の峠道である。


五本松の峠に近づいた。徹は斜面から手を伸ばし、穂状にぶら下がっているスギの雄花を手のひらでしごく。何回かそれを繰り返しポケットに入れる。戻って来ると、一つまみを正太に渡す。

秀雄が突然、「あ痛っ！」と小さく叫んで、首の後ろを押さえた、「こらっ、約束が違おが！」と徹を睨んだ。「試し撃ちや、まだ調整中じゃ、我慢せい」などと徹は〈杉鉄砲〉を調整中である。

正太も似たような段階らしい。小さな杉の雄花の弾といっても、当たればちくっとした痛みを感じる。

〈杉鉄砲〉は、スズダケの中空が直径三ミリほどのものを選ぶ。節を残した部分を手元側として二分する。銃身の部分は十五センチほどがいい。先端に行くほど僅かに狭くなっていなければならない。そして中空にすんなりと収まるほどの芯となる細いものを、節を残した手元側に固定し、芯のように銃身に差し入れる。先端から何ミリ手前で切断するかがもっとも大事な部分であろう。徹はそれを調整している。

今度は正太が「プチン！」と撃ってきた。特に秀雄を狙ってのものではない。先端からは、ほんのりと硝煙のような煙状のものが立ち昇る。

「これで、よし！」正太は、満足そうだ。

〈杉鉄砲〉は、杉の雄花を一粒ずつ詰めて撃つ。銃身にきっちりときついくらいの大きさの弾を一個詰めて先端部分に送っておき、そのあともう一発をつめて、いきなり押し込むのである。二発目からは順に送るだけである。圧縮された空気が、先端の弾をはじき出すという仕組み、いわば空気銃の一種である。

女性陣と吉野内先生が、峠に上がってきた。

「ここでちょっと休憩するぞ」、と五本松の一本の根方に腰を下ろし、「日陰でないと、暑いような気候になったの」と先生はハンカチを出して汗を拭いた。

いきなり、「きゃーっ」と大声を上げ、先生のほうに逃げてきたのは向山奈保子だ。杉鉄砲を持った徹が追っかけている。正太も隠し持っていた杉鉄砲で、横にいた熊谷加奈を撃った。ピチッ、という音と一緒に、加奈の頬から、はじけ飛ぶ緑色の杉の弾が見えた。この鉄砲の欠点は、一発ごとに弾を詰め込まねばならない単発式であることだ。それでも手のひらを弾倉としてうまく送り出せば、四五秒に一発くらいは発射できる。

「痛っ！」と叫んだ加奈は、鉄砲玉がはじけるのと同じように、すばやく逃げ出す。正太はあとを追っかけ二発目を発射した。それは空中で失速した。加奈は五本松の一本の大きな幹の向こうに逃げ込んだ。「ははは…」と笑う声が幹の向こうから聞こえる。

正太は急に千奈美のほうに向き直った。詰め直した三発目は、なぜか呆けたようにぼんやり見ていた千奈美の白い首筋に命中した。「命中だ、命中だ！」と叫びながら、もう一発お見舞いだ、と構えたとき、千奈美は突然に屈み込んでしまった。顔を両手で覆って大声を挙げて泣き出した。思いっきり声張り上げて叫んでいる、という泣きっぷりだ。みんな何と大袈裟な、と思ったに違いない。そのときだ、正太の左頬にビンタが一発飛んできた。張りまわしたのはなんと恵利子だった。

「ばかっ、ばかっ！」と、恵利子の頬に涙があふれている。「ばかっ、ばかっ、ばかっ」と恵利子の振り上げる手は、正太の肩や背にやたらと振り下ろされた。

そのときみんなは、気付いたのである。正しくは吉野内先生を除くみんなというべきだろう、八人は一斉に黙りこくった。千奈美はまだ泣いていた。

三四年前になるだろうか、千奈美の父は猟銃で撃たれて死んだのである。正確に言えば撃ち合いで亡くなった。千奈美の父は雉撃ちの名人だった。生計の多くをそれに頼っていたともいう。

ある年の冬、草深い薮の中で雉を狙っていた。雉笛を「チー、チー」と小さく鳴らしながら雉が近づいてくるのを待つ。五円玉を二つ合わせたような、真ん中に小さな穴の空いている雉笛を正太も見たことがある。その笛に惹かれて雉が近づいたときに撃ち取るのである。

千奈美の父が雉が近づいて来たと思ったのは、向こうも同じように猟師が吹いている雉笛だったのだ。薮の中でいきなり発砲した。相手のほうが先だった。猪を撃つような銃弾ではなくて散弾銃ではあったのだが、距離が近すぎた。顔面に弾が集中して医者まで持たなかった。村の誰もがこの猟銃事故を知っていた。正太らが四年生の冬ではなかったろうか。撃った相手も同じ村の人間だった。一ヶ月も経たないうち、一家は村を出て行った。

雉笛は法律で禁じられた。全国で同じような事故が多発していたらしい。

千奈美には兄弟姉妹が四人いる。千奈美が末っ子だ。お母さんは、役場の臨時職員に雇われた。今は本雇いなのかも知れない。

みんなは一度にそれらを思い出してしまった。恵利子だけでなく、奈保子も加奈もみんな泣いていた。正太だって泣き出したい気分だ。ここは我慢しなければ、千奈美にも謝らなければ、とふと頭によぎったのだが、却ってよくないのではないか、とも思う。鼻の奥がつーんとして来た。まずい、涙が出る。

吉野内先生は驚いた顔のままで黙っている。先生はK市の大学に通っていた頃なのだろうか、村に帰ってからもその話を誰もしなかったのだろう。話せばつらくなるからだ。

沈黙の時間が過ぎる。誰もものを言い出せない。五本松に吹く風が、やたら大きく響いている。

仔兎

五本松の峠を下って、萩山小学校に着く。思ったよりも早い。

早春の肌寒い日、「学芸バラエティー」で正太ら〝旅役者〟が峠を越えて訪ねたのは、数週間前、あのときははるかに遠い感じがしていた。

正門を入って、運動場の桜の下を横切る。その蕾の幾つかがほころび始めている。無数の蕾がピンク色を滲ませ膨らんでいる。

今朝出発してきた正太たちの滝野中学校の校庭では、満開に近かった。ここは遅れている感じだ。桜の種類が違っているのだろうか…、何気なく対岸の藍川村に視線を移す。そうかそうなのだ、と正太は気付いた。峠から意外に近いと思った謎は瞬時にして解けて行く。滝野中学校は滝野川の蛇行する盆地の中央部、深いお皿のどん底のような場所に位置している。それに比べ萩山小学校は、向こうの村を眺めた河岸段丘の上に建っているのだ。だから標高も高いはずである。段丘の先は急激に掘り取られた深い萩山川の谷である。ここから眺めれば段丘と藍川村とが「地続き」のように見える。足元の渓谷を忘れてしまうのである。萩山小学校の建っている場所の高度を思えば、峠からあっと思う間に到着しても不思議ではないのだった。

天空に近い場所は気持がいい。生徒や住んでいる大人たち、その性格とか人格のようなものに影響を与えるのではないだろうか。正太は筋道立てて考えたのではなかったけれども、何故かそんなことに思いを巡らせていた。住んでいる場所で、周りの風景次第で人間も変わるのかも知れない。職員室に入る前、頭の隅っこでそんなことを考えた。

「なにぼやーっとしてるの？」

恵利子の声に、われに返る。

「下駄箱はそこでしょ」、恵利子の声が続く。まるで口やかましい母親のようだ。

――いまどき下駄なんか履いてるわけないだろう、正しくは靴箱ではないか、と口には出さないが脳内で文句が角を出した。

職員室の入口で一礼して入る。当直らしい男の先生が一人、吉野内先生とは懇意なのか、互いに友達同士の言葉遣いだ。大声で話し合っている。

「お昼は？」「これからや」「弁当か？」「うちでや」「そりゃ大変だ」などと、正太らの耳に遠慮なく飛び込んでくる。

「うちでお昼」とは…。吉野内先生の里が萩山校区であることはみんな知っている。これから先生の家へ行くのか。丸くて茶色っぽくなった文字盤の時計が十二時半を指していた。

田圃の石垣が連なっている。地図にある等高線のように曲がりくねっている水平の道が伸びている。「理科」で習った河岸段丘の地形のことを、また思い出した。このようにのんびりと歩いて行ける道が出来るのも、この地形の特徴なのだ。

道幅は一メートル余り、吉野内先生を先頭に九人は一列に連なって歩いた。十五分ほども経っただろうか、角を曲がったとき、棚田の中に、どっしりと重々しく居座っている、黒い瓦葺の家が見えた。横に並んで建っている木組みの一軒は、おそらく駄屋なのだろう、牛や馬のいる気配がする。鶯の声が絶え間ない。櫟の木の天辺で頬白が「つっぴんちろろ、つっちろろ」と歌っている。

「着いたぞ」

先生は、向こうをむいたまま大声で言った。

玄関、といっても土間に続く引き戸は開いたままである。入るよりも前に庭先から、「もんたぞー、ただいまー」と先生は声を張り上げた。

長男であればこのような偉そうな態度を取るものなのか、と正太は思う。それとも生徒の手前、格好をつけているのかも知れない。

「お帰りなさい」と小さな声がした。暗い土間の奥から現れたのは小柄な少女だった。

「お、みんな、一番末っ子の潤子や…」と先生。

「こんにちは…、お邪魔しまーす」

恵利子ら女生徒は口々に挨拶をした。男子はなぜかみな同じせりふだ。「どうも…」と、口ごもってぼそぼそ言うばかり。というのも、その小柄な少女、潤子の笑顔がなぜか特別にまぶしく感じられたせいだろう。よく出来た母親の笑顔のようなのだ。余裕のある大人っぽい雰囲気にあふれていた。

「潤子も、四月から中学生だ。滝野へ通うからの、みんなよろしくな」

と言って、吉野内先生は家の奥のほうに消えた。

「今朝から、山の畑なんよ、みんな」潤子が奥に向かって叫ぶ、「にいちゃん、おくどさんの横よ」。

潤子の上に、正太らより一年上級の姉亮子さんがいる。今日は親戚の家に手伝いだそうだ。

潤子は、庭に大きな涼み台を引き出そうとしていた。勇、徹、秀雄が飛び出すようにして手伝った。正太は遅れをとった、立っていた位置が悪かった。

「うーん、こりゃなかなか重いのー」と言いながら、吉野内先生が運んで来たのは、大きな〝しょうけ(笊)〟である。薩摩芋が入っていた。それも相当な量である。湯気が立っている。いま茹で上がったばかりなのか、赤い色が綺麗だ。

「こんなもんで悪いが、今日のお昼や、沢庵もいっぱいあるけんの、遠慮するな」

潤子が、真っ黒くて大きな薬缶を運んで来た。正太が手助けするまでもない素早さである。次は小さなしょうけに湯飲みが盛られて出てきた。

「電報は、いつ届いたぞ?」

先生が訊いている。

「それが、今朝早うやったんよ、ほんじゃけん慌てた。お父さんらは段取りがあるけん言うて山へ行ってしもたん、よろしにとのことやったよ」

潤子は明るく人馴れしているようだ。こんな田舎の一軒家で、と正太は不思議に思わずにはいられない。ついついその動作に視線が行く。

「昨日打ったのに、やっぱり〈特使配達〉にせにゃいかなんだかの、時間外になったんか…」

と言いながら沢庵の盛られた大皿を先生は運んで来た。

「さ、熱いうちにみんな食べろ、珍しいもんでのうて悪いけどな、のど詰めんようにの」と早速、一つを手に取り上げる。

「電報というもの、見たことあるか?」と先生は聞く。誰も見た者はいないようだ。

「勉強の一つや、父危篤とか、母死す、なんてもんが多いけんの、普段は…」

先生は薩摩芋を頬張りながら家のほうを見ている。先生の言葉が続いている間に潤子はもう家の中に入っていた。すぐにノートの一枚のような紙切れを持って出て来た。

カーボン紙を敷いて書かれたのだろう、「本文」という欄に青い色の几帳面な字が書かれていた。

【アスセイト八ニンユク、ヒルイモタノム」シユウイチ】

「はじめはね、兄ちゃん。てっきり明日のことと思うとったんよ、ほんで今朝慌てたん」

潤子はあくまでも明るい。それでいてあつかましい感じがしないのはどうしてだろう、と正太は気になる。

奈保子も千奈美も加奈も、そして恵利子らみんな丁寧に皮を剥きながら食べている。男子連中はそれに比べ決して上品とはいえない。口への運び方が荒っぽい。みんな豪快な食べっぷりだ。健全に空腹なのだ。吉野内先生に遠慮する者はいない。潤子の人見知りしない、飾り気のない明るさのせいもあるのかも知れない。


お昼が終わったとき、潤子は「見せたいものがあります」と、改まった口調で言った。

「こっちです…」

母屋からそれほど離れていない駄屋との中間の軒下に、四、五個の兎箱が顔の高さほどの所に並んでいた。その中の一つの前に立って潤子は言った、

「これが、うちの兎の赤ちゃん…」

振り返った表情は、先ほど感じたあの母親のものそのもの、潤子は確かに母親なのだ、と正太は兎箱のほうよりもまた彼女の顔を見る。

「きゃーっ、たくさんいるー、可愛いーっ」

女性たちは箱を覗き込み異口同音で叫ぶ。

兎の小便の、きつい刺激臭が正太の脳天を走り抜ける。

今年は八匹も生まれたから親兎も大変、自分も大変なのだと潤子の「解説」があった。一年先輩ではあるが、同世代の私らに見せるのが嬉しいのだろう。命を沢山育てているという歓びのような、いわば母親の感覚を楽しんでいるふうにも見える。

正太は箱の金網に顔を近づけて中を覗いてみた。母兎は子供たちを隠すようにする。赤く澄んだ眼を大きく見開き、口を、というよりも鼻のあたりをもぐもぐと動かしてこちらを見ている。

「まだ一ヶ月も経たない離乳前なので、母親は神経質になってます…」と言いながら、潤子の顔が正太の真横に近づいていた。慌てて振り返った正太の頬に潤子の髪が触れたような気がした。僅かな風の流れだけだったのかも知れない。正太の心臓がジャンプした。干草のような匂いがした。おかっぱの髪がかなり長めだとは思っていたのだが、さらさらと流れるような髪の動きは正太が初めて目にするものだった。先ほど何げなく千奈美たちの髪と見比べたばかりだ。裕福な農家の向山奈保子だけが、少しだけ柔らかく見えただけ、あとはみな共通の、お世辞にもさらさらとは言えない代物であった。

潤子の解説は驚くべき方向に進んで行った。

この母兎は「クー子」という名前らしかったが、

「クー子に五郎が盛ったときなんか、凄かったんです。ゴテン！と凄い音で後ろへ引っ繰り返るもんだから、怪我してないか、それも三回も…」

　正太は思わずあたりを見回した。吉野内先生がいるのではないか、と思ったのだ。女性陣も見回した。そんなせりふ聞こえませんでした、というふうの顔をしている。

「餌、やって見ます？　石垣の下にヒヨコグサが…」

　潤子の言葉が終わらないうちに行動を起こしていたのは徹だ。彼の頭に今の解説の「せりふ」が渦巻いていた可能性がある。急いで逃れる者の気配があった。敏捷に素早く駄屋の前の小道から下の田圃に降りた。徹は、若草色のハコベを一掴み手にして戻って来た。

「うちが、うちが…」という女性陣の声など無視して、箱の戸を開けようとしている潤子のところに近づいた。

「ほらほら、ご馳走だぞ」とお調子付いた徹の声、それが彼の悲劇の始まりであった。

　手を差し入れたと同時に、徹は「うっ」と呻いた。次は「ぺっ、ぺっ、ぺっ」とやたらと左手で顔の辺りを拭っている。親兎が箱の中でガタガタガタッと騒いだのと同時だった。徹の顔面、特に口の中に糞便か何かが飛び込んだらしい。

「ぺっぺっぺっ」とやっている徹に誰も同情などしていない。「ははは…」と笑うばかり。笑ってなかったのは潤子ひとり。徹を井戸のポンプのところに連れて行く。ぎっこん、ぎっこんと水を汲み上げ徹に洗顔をさせる。口を濯がせる。手拭を持って来る。やはり潤子は母親だ。みんな呆れ顔で見ている。

ひと段落してもまだ徹は口内がおかしいのか、「ぺっ」とか「ぶっ」とか言っている。潤子が家の中から何か持ち出してきた。徹の口に直接入れてやったものがある。正太らは、ただぽかんと放心しているばかりだ。徹の顔が見たこともない種類のものに変化して行った。潤子から口に入れてもらったのは飴玉のようであった。みんなのところへ帰ってきた彼は、わざと右頬を丸く膨らませ、見せびらかした。

彼の不運は幸運だったというべきなのだろうか。ところがこの春、徹はまた、ひどい不運に見舞われることになるのだった。

吉野内先生が、みなのところにやって来た。

「潤子の自慢のもの、見せられたかや…」

吉野内先生のお父さんは、地区総代の役が長い。「寄り合い」がある度この家に沢山の人が集まる。そのたび潤子はみんなに兎の家族を見せびらかすらしい。もちろん大人たちは素直にその「講座」に付き合っているという。それも「寄り合い」のお手伝いをする彼女への褒美のようなものらしい。正太は「母親」のような彼女の雰囲気のわけを知った。六年生でそんな子にもなれるんだ…。

「このクー子もいずれ潤子に食べられる運命なんや。仔兎の何匹かも同じ運命や」

「意地悪、兄ちゃん、今そんなこと言わんでも…」

「あとから生まれて来ても、先に食べられてしまうんや」

軒先の大きな板に貼り付けられ、数本の釘で精一杯広げられているものがある。何日か前にさばかれ、その毛皮をなめされ陰干しにされている「キー子」である。キー子が夕飯のご馳走にされたとき、潤子は「おいしい、おいしい」と、涙をこぼしながら食べたそうだ。

その横に干してあるのは、茶色と灰色の混じったこれも兎の毛皮で出来ていると分るもの、「二郎」と「三郎」の加工後の姿である。潤子用の「ぽんし」（ちゃんちゃんこ）であった。

「太郎は、祖父ちゃんのぽんしになったんよ」と潤子、

「うちでは、〝太郎〟はまだ働いちょる…」と奈保子が言った。それは正太らも知っている奈保子の家の優しい目をした灰色の牛のことである。

潤子は、二郎と三郎に背中から包まれてるんで冬は暖かくて、ぽかぽかと嬉しい気分なんよ、と言った。可哀想だけど、落とすときは手を出せないが、調理のときは自分も手伝うのだそうだ。それが供養というものだ、とお祖父ちゃんに教わった。聞いているみんなもその幾人かは家で兎や牛も飼っているのだから、潤子の言葉に頷いている。

足元に、コッコッコッと数羽の鶏がやって来た。

「あっ、しもた！　忘れとった」、突然潤子は大声をあげた。

「にいちゃん御免、ゆで卵してたのに…」

お昼に出し忘れた沢山のゆで卵は、みんなのお土産になった。特に吉野内先生はまだ一年に満たない新婚家庭だ。学校の向こう斜面の農家の離れを借りている。お嫁さんにと、他の野菜類も

一緒に布袋に入れて先生に渡された。小学六年生を終えたばかりの末の妹潤子は、留守番役として立派過ぎるほどだった。

帰り道、五本松の峠は休憩することもなく無言で通り過ぎた。正太は思う。林に隠れがちの二本を除き、三本の黒松は峠の稜線に堂々と立っているのが盆地のどこからでも見える。それを見るたび、今日のことを思い出すだろう。思わず左頬に手をやっていた。

新学期が始まり、校庭の桜並木は緑色濃い葉桜となって頭上に被さっている。徹はべろ（舌）を使って右頬を膨らませ、向山奈保子を除く〝旅役者〟たちに何回でも見せて回るのである。五本松の峠を越えて通学し始めた吉野内潤子に、二度も三度もお礼を言って嬉しがっていた、と噂が立った。

松葉杖

そんな徹に予期せぬ悲運が訪れたのは六月のある日だった。体育の時間が終わった放課後である。

五段重ねの跳び箱が二組、まだ砂場に残されていた。徹らがそれを運動具室へ仕舞い込む役目だった。井澤勇はキャッチボールもうまいが、鉄棒だろうと跳び箱だろうと、誰にも負けない。跳び箱の先端から一回転して砂の上に降り立つ得意技を何度も繰り返していた。ほかに何人かそれが出来る者もいたが、勇は余りにも軽々と普通のことのように見せてしまう。徹はその離れ業を一度もやったことがない。先生が介添えをすると言っても、強制されるわけではないからいつも遠慮して逃げていた。勇の回転を見ていて徹はなぜか挑戦したくなってしまった。最近は特に、浮き立つ気分が旺盛だったのだから仕方がない。あの飴玉のせいだ。

跳び箱の先端に行って逆立ちをした。勇や秀雄ははっとした。「やるのか?」と思う間もなく、徹は砂場に向かってくるりと回転した。

残念ながら立ち上がってはいなかった。ちょうど正座の形で砂場に鎮座した。皆は「やるじゃないか」と思ったのだが、それはとんでもない姿勢だったのだ。徹の右足に激痛が走った。これはなんだ、と徹は思った、えらいことが起こったぞ、それにしてもどうなった? 布団の上で回転の練習をやって見ても、俺の頭の回路には「回転」という部品が入っていないのか、回っている間、自分の姿勢がどうなっているのか、まして地球との関係がどのような角度なのか全然意識することが出来ないのだ。今もそれは同じだった。激痛のあとは、しびれたような感覚がやって来た。

職員室の前の廊下に運ばれた。徹は唸った。みなが右足を代わる代わる見てみる。特に変わった様子はない。腫れ上がったりもしていない。足を抱えながら右に左に体を揺すって唸っているのは、先ほどまで調子のよかった徹である。

養護のM先生と川越先生がやって来た。体育のS先生らに担ぎこまれた。職員室の一隅に簡単に仕切られているベッドに寝かされた。

徹は天井を見た。涙が出ているのか、滲んでよく見えない。そろりそろりと天井裏をにじり歩きしていた日を思い出した。がすぐに激痛が全身にやって来る。今まで経験した痛みと全く違う。足の捻挫などというものはこんなにもひどいものなのか、と思っても見るが、これは尋常なことではない、と不安が襲って来る。堪えようとしても、どうしても呻き声が出てしまう。右の大腿部を抱えながら身を捩じる。

仕切りの向こうで養護の先生と話をしている川越先生の抑えた声が聞こえる、

「M先生、ちょっと大袈裟過ぎるのと違いますか…」

大袈裟も小袈裟もあるものか、どうなったのか、どうなってしまうのか、それが緊急の課題ではないか、遠巻きにして観察している場合じゃないだろう…。

誰かが徹の家まで行ってきたらしい。やはり母は留守だったようだ。

原田接骨院の先生を呼ぶことになった。骨が折れたということか、そんな気配はなかったと思うけれど、とにかくわけの分からない痛さがやって来る。歯軋りしながら頑張るのだがつい唸ってしまう。

勇と秀雄がやって来た。「疼くんか?」と覗き込む。ところが「うん、たまらん」などと応答している間は、なぜか痛みが薄らぐ。俺の足はそんなに見栄っ張りなのか、などと思う。こんなとき、潤子ちゃんがやって来たらどうなるのだろう。ところがすかさず勇が「潤子ちゃん呼んだろか?」とぬかした。

「こんな不細工なとこ、勘弁してくれ」と言いながら、あの優しい潤子に介抱されたらどんなに幸せか、などと内心で思わざるを得ない。これは余裕が出て来たことなのか……

意外に早く原田先生がやって来た。

ときに街中で見かけたことのある、でっぷりとした体格のいい丸顔の先生だ。もともと柔道をやっていた先生であるらしい。回転したときの様子を訊いたあと、吐き気などはないか、喉は渇かないか、ほかに痛いところはあるかなどと尋ねられた。

そしておもむろに右足の診察にかかった。徹が見ていてもこれ以上原始的なものはないのじゃないか、と思う診断方法だ。何年も後に知ったことだが、レントゲン造影が一番なのだが、そんなもの、胸の写真を撮るときだけだと思っていた。徹は、骨の状態を調べるのはこうするものなのか、自分でもやれるほどのものではないか、と痛さを忘れ妙に感心してしまった。

原田先生は、脛の辺りを軽く揉みながら、痛くはないかと訊く。少しずつ向こう脛の上を足首のほうに向かって親指で押しながら移動して行くのである。足首から十センチほど上部のところで電撃が走った。先生の鼻面を蹴り上げてしまうところだった。

「おっ、ここか、ここか」

仰け反りながら徹の顔を睨んだ。川越先生、養護の先生やそのほか後ろに連なっている先生たちに、

「ちょっと骨折してますな。二三日は疼きますぞ…」

これは徹に向かって言った言葉でもある。しかし不思議と先程の痛みが消えているから奇妙な感じだ。

「脛骨骨折ですな。ギブスで固定して、早くて大体一ヶ月余りでしょうかな。そのあと繋がったところは二度と折れることはありまへん…」

えーっ、そんなにかかるのか、徹はがっくり来た。二度も三度も折れてもらっては困るが、一ヶ月もの間どのような生活になるのか。徹の心配を養護のM先生が質問してくれた。「通学は、どうなりますか？」

「松葉杖ですな一番いいのは。本人の頑張りよう次第ですわ」

「ほかの方法は？」

「まず無理でしょうな、ケンケンで歩くわけにも行きますまい。男の子ですけんな、頑張らにゃ、このくらいの怪我…」

徹にとって面白くない会話が次々と出て来る。

農作業用のリヤカーで徹の家まで運ばれることになった。正太や勇らの仕事だ。いや正太はギブスを作るための檜の板をもらいに、香山製材まで使い走りを命ぜられた。『希望の歌』の歌詞を書いてくれた香山郷子さんの家の工場である。

香山製材所に着いたとき、郷子さんが働いていたのには驚いた。今年卒業したのだから家の手伝いをしていてもおかしくはない。

卒業式の日、郷子さんは、ぽろぽろと涙をこぼしていた。

男の子はめったに泣くもんじゃない、と言われていても、『仰げば尊し』を歌っているときには勝てなかった。優しかった上級生の何人かの顔も浮かぶ。松原卓也さんもその一人、黄色いゆで卵の黄身の色までが思い出される。鼻の中に涙が流れる。

香山製材所は、いつものことながら凄い騒音だ。

「正ちゃん、どうしたの？」

郷子さんはやはり優しい。歌詞のお礼をずっと言いそびれていたのだが、大声で怒ったように言わなければ製材所の騒音には勝てない。それよりも何よりも、徹がおおごとなのだ。用件を怒鳴り声で伝える。郷子さんはすぐに、注文よりはやや長めの檜板二枚を調達してくれた。その上、「これね、枕元に置いておけば、痛みが安らぐと思うよ」と、やや斜めに輪切りにした、匂いのいい檜の小片を付け足してくれた。

「あ、正ちゃんにもね、同じもの、お使い賃…。お大事に」

これが最後になってしまうなどとは予想もしなかった。正太は嬉しい贈り物をもらった気分を檜の板と一緒に抱え、徹の家に向かって走る。六月の太陽は随分と高く、汗が噴き出した。だが額に当たる風が心地いい。

ギブスというものは何と簡単なものか、正太は感心しながら原田先生の工作を手伝った。二枚の板を釘で打ち付け、L字型にしただけなのだ。徹の右足をそれに載せて包帯でぐるぐる巻きにする。それで終わりだ。何とも単純と言うほかない。

「じっと寝ている必要はないけんの、右足に力をかけさえせんのやったら、なんぼ歩いてもええ。寝とったら筋肉が弱って歩けんよになるぞ…」

原田先生はそう宣告をして帰って行った。徹はその夜、執拗で悪意に満ちた痛みが全身に纏わり着いてほとんど眠れなかった。重くて鋭く尖ったような激痛に苦しまされた。正太が貰ってきてくれた香山さんの檜の丸い板も効き目を発揮しなかった。

翌日の午後、徹の母は、どこかから中古の、といってもまだ真新しい感じの残る松葉杖一組を借り受けて来てくれた。

徹は二日休んだだけで、三日目には通学を始めた。登下校に三、四人の同級生が松葉杖の徹の歩みに合わせ、ぞろぞろ付いて来る、そんな珍妙な風景が続いた。ただしみな真剣な顔つきである。数週間もそれは続けられた。

誰にも言えなかったし、聞かれもしなかったことではあるのだが、徹が最も困ったのはトイレでの用足しだった。ギブスをはめた右足は曲げることも体重をかけることも出来ない。左足だけが頼りである。誰の介添えを受けるわけにも行かない。慣れるまでは泣き出したい気分で、「自然の要求」に応えるほかなかった。

包帯に包まれた部分が痒くなったとき、そっと包帯を解き空気を入れてやらなければならない。かぶれないよう気をつけろ、と原田先生にも注意されている。飴玉を口に入れてくれたときの吉野内潤子の顔をときどき思い出してはいるのだが、彼女からは何の音沙汰もない。学校で見かけることもない。こんな傷痍軍人の格好では見られたくもない、という気分と、言葉の一つでもかけて欲しいという気持が毎日喧嘩をしている。

初め痛かった腋の下も丈夫になって来た。松葉杖を両腋に抱えて飛ぶような調子での歩きっぷりだ。左足が逞しくなった。杖なしでケンケンをしてみることも出来た。ただ一度、間違って右足をほんの少し地面につけた。とたんに、見事に引っくり返った。全身が感電したように一瞬にしてしびれてしまった。痛さではなく、神経線全部が一度に縮み上がる感覚なのだ。それからは特別に用心した。

三週間も経ったころ、原田先生はギブスを取った。地面に触れるだけでは電撃も来ない。徹はケンケンで卓球の練習が出来ることを知った。片足だけで相手を負かすことも少なくない。相手が打ち返してくる場所を直感的に先取りすればいい。そこへ素早く移動して待つか、その心構えでいれば、片足でぴょんぴょんやるのは面白い。スポーツというのは要領なのだ、と悟ったような気がした。奈保子らが遠くから見ている気配を感じるとき、いい気分がした。スポーツのもたらすものは自分の心に働きかけるものなのか、それとも何か顕示欲のようなものを満たすためのものなのか、論理的に考えたわけではないが、気分的にそんな直感を覚えた。

夏休み前、松葉杖なしでそろりそろりと歩くことが出来た。その頃になっても級友の幾人かは一緒に付いて来てくれる。要するにみんな暇なのである。というよりも家の手伝いから僅かの時間でも、自分を多少なりとも納得させられる理由をつけて自由になりたいのだ。学校が終われば誰でもみな、農作業とか家の使い走り、弟や妹の守などをさせられる。だから、友達と過ごす時間がうまく捻出できれば、それがその日の幸福感の多くを占めるのである。

水中鉄砲

正太と勇は、夏休み、期せずしてその幸せな気分を味わう時間を毎日のように獲得することになった。日焼けで出来た背中の皮膚の剥離は三度に及んだ。自分では手が届かないので、二人そろってI理髪店のおじさんに散髪のついでに剥いてもらった。

滝野中学校にプールなどはない。もちろん小学校にもない。そんなもの聞いたことも考えたこともない。朝から滝野川のS字型にカーブした「次郎丸」で泳ぐ。小学生から中学生まで、「ごった煮」である。小さな子が泳ぎを覚えるのも、上級生の、半分強制的な訓練の賜物だ。一言でいえば、岸辺の浅いところから深いほうへ向かってその子を放り投げるだけの話だ。慌てふためいて手足をばたつかせ、足の着く浅瀬のほうに近づこうとする。傍目には溺れているのか訓練を受けているのか判別不可能な状態、その繰り返しが「水泳教室」なのである。上級生たちが二三人両脇について、「放り投げ」を間歇的に繰り返す。しつこくやれば本人も疲れてくるし、いじめているような感じになってしまう。その子の忍耐力や体力、年齢などに合ったタイミングや回数などの判断が大事だ。上級生は直感的にそれを感じ取る能力を求められる。意識していてもいなくても責任の重い役割だ。学校の先生を上回るものかも知れない。泳げない子は、早く少しでも泳げるようにしなければならない。気をつけていても水辺では危険なことが多い。

放り投げられるほうにしても、上級生がついていてくれる安心感がある。だから多少水を飲み込むことがあっても、溺れてしまうという恐怖感はない。ただトライすればいいだけだ。それも予期せぬままに。ほとんどの子供が、年上の子供からの順送りでその「訓練」を受けて来た。ただ女の子の場合はどうだったのだろう。あまり意識していなかった。恵利子らに訊いても見なかったので正太にはよく分からない。ただみんな同じように、がやがや一緒に泳げるようになって行ったのだから、おそらく似通った、ただしもう少し優しさを持たせた訓練の仕組みが存在したのだろう。

この夏、正太と勇は、暗黙のこの「水泳教室の講師」の役をサボってしまうことになった。特にだれそれがその役という決まりがあったわけではないが、小さい下級生たちがいる場所には必ず上級生がついていた。誰が決めたのでもない不文律である。

初めはただ、「次郎丸」の喧騒の中からちょっとだけ外れて、二人で潜って遊んでいた。数十メートルほど下流に、黒い石が川床一面に広がり浅い瀬となっている場所がある。その岩床に腹這うようにして、背中を超えるか超えないかの水流の感触を楽しみながら、そろそろと上流へ進む。岩床の縁に生えている葦の根方や、岩が軒先のように水中に張り出している部分を覗き込みながら移動する。小さな魚たちと一緒に、その視線で泳ぐのだ。

水中眼鏡を着けた顔を岩の際に近づけ覗き込んだときだった。いつものハヤやドンコなどとは違った、奇妙な、どこかとぼけた顔つきをしている魚がこちらを見ていた。額が岩の角に当たるまで、出来るだけ顔を近づける。それが「ガマ」にいる鰻との出逢いだった。そのことが、やがて二人にとんでもない役目を課すことに繋がるとは知らなかった。一生に誰も経験することもないような、それが夏の終わりとともにやって来ようなどとは思っても見なかった。

初めのうちの、やや後ろめたかった「役目放棄」の気分もすっかり忘れ去って、鰻獲りに熱中した。誰からも非難される種類のものではなかったから、骨折のすっかり治った徹や秀雄、それに奈保子、加奈など女性陣に断ったりもしなかった。

二人は、竹を材料にして「水中鉄砲」を作った。竹の径の異なるものを三つほど組み合わせ、リヤカーの車輪のスポークで作った簎（やす、といっても先端が一本のものであるが）の飛び出しが振れないようにする。特に先端の「返し」の部分の細工が最も難しい。炭火で真っ赤に焼いたあと叩いて平たくし、焼きを入れる。鑢《やすり》を使って根気よく両側に「返し」を作る。撃ち出す動力源は、自動車の赤チューブを紐状に切ったものである。

水中鉄砲では、ガマの中の鰻の頭部の、出来るだけ側面から簎を撃ち込まなければならない。ぬめりのある鰻の体は、なかなか貫通しない。発射後、ぐぐっと手応えがあれば簎の先端が反対部分に突き出るよう強く押し付ける。そして左手で簎の先端を持って引き上げ、水面に浮かび出る。

この漁法は予想以上に効率がよかった。ガマの鰻を見つけさえすれば、かなりの確率で確保できるのである。親指程度の太さのものが多かったけれども、家に持ち帰れば「歓待」された。魚屋がただ一軒あるだけで、その仕入れの仕組みなど見たことも聞いたこともない、海岸部から遥かに離れた、ど田舎の正太たちにとって、滝野川からの収穫は父母にとっても予想外のものであったようだ。「鰻突きに行く」と言えば、家の手伝いをやかましく言われなかった。ただ毎日欠かさず成果があがるわけではなく、それなりの努力が求められた。ほとんどのガマは、水深一メートルほどにあった。五十センチくらいの浅瀬の岩の下にあることも少なくない。そのため背中を出したまま真昼の何時間かを、二人は頭を水中に突っ込んで覗きながら移動する姿勢をとり続けることになる。体が冷えてきて寒くなれば、「赤岩」と名付けていた大きな岩の平たい部分に上がり、二人寝そべって日光で暖まる。岩の下の流れ落ちる水流の響きも心地よかった。

そのうち、鰻のガマを求めて次第に深い淵の中に潜って行くようになった。特に大勢が一泳ぎして、午後四時近くに引き上げたあとは、その辺りの水全体が細かな粒子を含んで薄く濁ったような状態になる。そんなときに特によく、鰻はぬっと顔を出しているのである。出来るだけ横合いから銛を撃ち込まなければならない漁法だから、その首の出し具合の僅かな差が成果を左右した。さらに、奇妙な習性のあることも自ずと分かってきた。あるガマの鰻を撃ち取ったあと、三日ほどしてそのガマを見れば、また新しいのが入っていることが多いのである。正太らには誠にありがたい習性であった。

日を追うごとに潜水の技術が上がって行った。予想以上に深いところまで潜って行けるようになった。

まず鰻を見つける。一度浮かび上がり、次いで作戦を立てるために再度潜る。およそ三度目が勝負だ。ガマの形が特異なものだったり、鰻が少しあとずさったりしているともう一度やり直しという場合もある。ある日、潜水時間を測ってみようということになった。限界に挑戦するとなれば安全が第一、勇の家の縁側で行った。水を湛えた洗面器を用意し、顔を付けている時間を腕時計の秒針で測った。最長記録は勇が二分十秒、正太が二分六秒だった。ただ終わり近くには小便をちびりそうになった。これならば、体を動かしている実際の水中では一分四十秒くらいではないか、というのが二人の結論だ。

滝野盆地の下流部ともいえる「次郎丸」から、毎日少しずつ上流部へ移動して行った。やがておよそ一キロ半ほどが常時パトロールの範囲となった。

最上流部の引返し点が「地蔵淵」と決めた。流れはそこで直角に曲がっていた。二十メートルも高さがあるかと思われる垂直の崖の、その上を通る道路もそこで直角に曲がり、道端には地蔵さんが一つ立っている。数本の椎の大木が水面に被さるように茂り、道路から覗き込んだ淵の色は黒色に近い藍色をしている。日頃、道路の上から見ていた時分、とてもこんな不気味な淵に近づこうなどとは思ってもいなかった。見るからに気味が悪い場所だった。だが、水中から徐々に、水のつながりの中で潜りながら入って行けば、特に変わった場所でもなかった。いつの間にか淵の真ん中に潜っていた。

何しろ、その淵の底には「鰻のアパート」があったのである。アパートとは勝手に名付けたものだが、水中に斜めに突き出た平たい岩の下に、等間隔に三匹ほど、いつも鰻が顔を出しているのである。普段の河床には幾らか泥のようなものが付着しているものだが、この淵の底は泥がほとんどなくて、玉砂利が敷き詰められたような河床だ。地下水が染み出ているのだと二人は判断した。外からの恐ろしい雰囲気とは異なった綺麗で清浄な水中だった。ただ困ったことが一つだけある。二メートルばかり潜り込むと急激に水温が下がる。胸を締め付けられるような感じがする。そのつもりで心の準備をしていても、突然にきゅーっと来る。気持のいいものではない。鰻のアパートは水面から三メートル近くはあったろう。魅力のある場所だったが、体が冷えやすく長居が出来なかった。

水温が急低下するところよりもさらに深く、光がほとんど届かない深みが奥のほうに続いていた。ガマが見つかるはずもない所だったから正太と勇にとって、その奥深い部分は関係のない場所ではあった。ただ「こんなとこには、人が沈んどったりしての…」と冗談を言い合った。崖の上の道路ぶちには、いわくありげな地蔵さんがこっちを見下ろしているのである。ある日のこと、奥山組の連中が通りかかった。淵に潜ったり浮かんだりしている二人を見つけ、道路の上から大声を投げてきた。

「よう、そんな気持の悪いとこで、泳ぐバカがおるものよのー。趣味が悪いのと違うかー」

鰻を狙っていることなど、彼らに分かるはずもないわい。ハヤくらいの小魚を追っかけちょるとでも思っちょるのやろう。鰻を焼くあの匂いを知らんじゃろが……。第一、山奥組では泳げるような場所などないやろが、岩がごろごろと転がっちょる、ややこしい急流ばかりじゃないか。水も冷とうて体がすぐに冷えっちまう。そんな浅瀬や岩角で脛ばっかり打ちよるけん〝脛黒〟になるんじゃ。ほんまはお前ら泳げんのと違うんか——などと正太らも心のうちで負けてはいない。しかし彼らは相当な連中である。気になる嫌味なせりふを放り込んで行った。

「お地蔵さんが何でここにあるのか、お前ら知らんのかー」、それははっきりと頭上から水面まで降りかかって来た。そりゃ、何かあった所に建てられることくらい知っっちょらい…。昔、誰かが身投げでもしたんやろ。

八月も末、夏休みも終わりの頃、地蔵淵から引き上げるとき勇が言った、

「アパートの左奥の暗いとこに、大根のようなもの沈んどらなんだか?」

「あれか、大根でも一本じゃなかっとろ」

「来年までは、ないじゃろけど。夏休み済んだら鰻突きも終わりじゃけん」

「キューピーちゃんの人形のようにも見えたけんどのう…」

二学期がもうすぐ始まる。かなり思い通りに自由に過ごせた一ヶ月余りだった。またあの眠たい学業の日々が始まる。正太は日に焼けた勇の鼻面を見ながら思った。俺もこれほどに黒くなっているのか。意識して焦げたわけではないが今年は特別だった。食糧としての鰻を獲る一時的な「川漁師」だったのだからそれも仕方ないだろう。

こうして夏休みの間、二人は確かに川漁師だったのだが、その季節を外れたとたん、今度は「俄か猟師」に変身するのである。

自作の「ゴム銃」を持って鳥を追っかける「猟師」となる。Y字型になった木の枝の二股の部分を切り取り、それを支軸としてゴム紐を張って小石などを飛ばす道具を「ゴム銃」といった。辞書などでは「パチンコ」と書かれている石弓の一種である。初めは樫とかネジキなどの小枝で作っていたのだが、工作がしやすく小型に出来て耐久力もあることから、リヤカーの車輪のスポークを材料にして、ペンチで折り曲げて作るように変化した。ゴム紐は力いっぱい引っ張らなけれ

ばならないほどの強力なものでなければならない。自動車の赤いタイヤチューブを幅七ミリメートルくらいに切ったものが最適である。その中間部に薄い皮革をつけて弾を包むところとする。直径二センチほどの小石を弾丸にして撃てば、人間に当たれば間違いなく怪我をさせてしまうほど強力だ。二人はもっぱら野鳥を撃ち落すために使う。

通学途中も勉強中も、ポケットの中には、出来るだけ円形に近い小石数個とゴム銃が入っていた。西部劇のガンマンと同じ出で立ちである。正太と勇は、一年間に何羽撃ち落すか競争をしていた。二十発も撃てば一発当たる程度の確率ではなかっただろうか。勇が三十二羽、正太が十六羽という成績の年があった。それが最高の「打率」だった。

大正七年に「鳥獣保護及狩猟ニ関スル法律」が出来ていたらしいから、明らかな違法行為である。しかしそのようなものは全然意識にもなく、教えてくれる人もいない。その法律違反をしながら、鳥たちを追っかけた、というよりも撃ち殺していたのだ。それは、地球のどこかで大人たちが行っている行為とそれほど大差のあるものではない。標的が人間でないだけのことである。

三十センチほどの積雪があった日のことだ。早朝からまぶしい冬晴れであった。一羽の鵙《もず》を見つけた。二人はゴム銃で撃ちながら追っかけた。雪に足を取られ思うように走れない。これではおそらく逃げられてしまうだろう、と正太は思った。畑の中を突っ切るとき、勇の走った足跡の雪の中から黄緑色のキャベツの葉っぱが現れ、陽光にまぶしく光っていた。畑を抜けきって息も切れそうになった。勇が叫んだ。

「もう、手で捕まえるぞー！」

二人がいくら「発砲」しながら追っかけても当たらなかったのである。鵙は石垣の穴に隠れようとしていた。勇が手づかみで捕まえた。

水の流れている小さな「いでご」（水路）の傍で、羽毛をむしった。赤裸にしたその体は意外に小さく、せいぜい親指ほどの肉片でしかなかった。焼いて食べようなどという気持の生まれようもないほど小さかった。蛙とか昆虫類などを捕る肉食性の鵙は、積雪のために餌にありつけず、痩せ細って満足に飛ぶことも出来なくなっていたのである。飢えた鵙と、まばゆいばかりの冬の日、新鮮なキャベツの色、それらが正太の脳裏に鮮明に記録された。

ある日の下校の途中である。お宮の木の枝に一羽の小啄木鳥《こげら》を見つけた。雀よりも少し小さい、囚人服だと悪口を言われる白と黒の縞模様の体で、木の幹を縦に止まって、木の中の虫などを探してすばしこく螺旋状に回りながら登っていく啄木鳥の仲間である。ゴム銃で勇と交互に撃ちながら追っかけた。数人の同級生らが面白がって見物人となってついてくる。二人の、狙いを定めた発砲でもなかなか当たらない。何分か後には、お宮の高い石垣の上の桜の木の下まで追っていた。幹を螺旋状に上っていた小啄木鳥に、正太が撃った一発が命中した。パラパラパラという感じに回りながら石垣の遥か下の道路、同僚たちが見上げている足元に落ちて行った。一斉に喚声が上がる。正太の手に渡った小啄木鳥は、まるで骨が抜けたようにぐにゃりとした柔らかさだった。ゴム銃などで鳥に当たるもんかと思っている同僚たちの目前での証明である。内心得意ではあったのだが、正太は柔らかくてあまりにも小さな命を一方的に奪っていることに、微かな後ろめたさを覚えていたことも確かだった。

お宮の境内、正太は独り新聞配達の途中だった。緑色の楓の涼しげな葉陰の横枝に河原鶸《かわらひわ》が一羽とまっていた。「キリキリ、コロコロ」と微かな声を出すことの多い、飛ぶときの鮮やかな黄色の羽根が印象的な雀ほどの鳥だ。ポケットからゴム銃を取り出す。ちょうど弾にする小石が切れていた。その辺りから小石を拾った。丸くもなくやや大き過ぎるものだった。かなり高い場所だったので、まず当たらないだろうと気楽な感じでもって弾を放った。重そうな弾丸が標的に向かって緩やかに飛んで行くのが見えた。その小石と一緒に、というよりも小石に押し出されるようにして河原鶸は空中に弧を描いて向こうへ落ちた。境内の、やや湿っぽい薄い緑色の苔の地面から河原鶸を拾った。お腹の真ん中に命中していた。内臓がどこかへ飛び散ってしまったのか、その部分はペコンと平たく引っ込んで何もないように見えた。即死だ。弾に使った小石が大き過ぎたのがいけないのだ、と正太は頭の隅で言い訳をした。

そのほか撃ち落したものは、雀、目白、鶫、頬白、四十雀、黄鶺鴒などがあり、当てるつもりもなくて当たってしまった燕、などがあった。

雀の巣はほとんど瓦葺屋根の軒先に作られている。古い家では、先端の瓦全体がずれ落ち気味となって、軒先に数センチ張り出している。その隙間の一つに、雀の巣材、おもに藁すべのようなものがのぞいている。この特徴から雀の巣はすぐに見つけることができる。屋根の上にあがり、先端部にそろりそろりと近づき、瓦を一枚めくれば巣が顕わとなる。雀は、人の手で育てることが難しい鳥であることを誰もが知っていた。それで真っ裸の雛を捕ってどうするという目的もなかったのだが、よく雀の巣を採りに屋根に上がった。その行為そのものと、緊迫感が何故か楽しかったのだ。

一階の屋根の場合は特に怖いということもなかったが、二階の屋根の先端となると緊張する。落ちれば命に関わる。ある日、二階の先端部分に辿り着いたときである。下の道路にいた大人に見つかった。「こらーっ、お前らー、降りて来んかーっ」とその剣幕や大変なものだった。いきなり怒鳴ったのでは、びっくりして落ちてしまうおそれもある。怒鳴り声を挙げるタイミングが大事なのだ。それがうまく行かず、予想外の結果を招いた日があった。農協の製粉所の屋根だった。数人が足音を忍ばせ屋根を歩く。地上にも仲間がいて、雀の巣の場所を下から教える。突然、工場の中から大人が一人飛び出して来るなり、「こらーっ」と怒鳴った。屋根の上の秀雄はあわてた。いきなり反射的に飛び降りてしまった。電気仕掛けの製粉機が回っている小さな工場の屋根だったので、一般の民家よりは軒が低い。秀雄が飛び降りた地点が悪かった。下から指示をしていた徹の上だったのだ。「うーん」と言って目を回したのは地上の徹のほうだ。幸い大事には至らなかったが、それからしばらくの間、屋根の上の雀の巣荒らしをみんな自粛した。

雀の雛の、羽の生え揃った頃のものを略奪したときのことである。

鳥籠に入れ、軒先に吊るして親鳥に餌を運ばせる。もちろん法律違反なのではあるが、子供たちの大きな楽しみの一つだ。何日間か親鳥は真面目に餌を運び、雛も元気に育って行く。ところがある日突然、雛全部が死んでいるのである。友達誰の籠でも不思議と同じことが起こった。「親が白いものをくわえて来てた、あれが怪しい」と誰かが言う。親が毒殺したんだ、という解釈である。栄養の関係とかほかの要素もあったのかも知れないけれども、突然一斉に死んでしまうというのは、親が「安樂死」させていると考えるほかなかった。

林の中に、立ち木を利用して仕掛ける罠を「ハンゴ」と呼んだ。ハンゴにつけた南天や櫨《はぜ》の実を食べようと鳥がとまって「止め木」が落ちると、バネにした木が跳ね上がって首を絞めるという仕掛けである。地上で餌を採る習性の鳥、例えば白腹とか雉鳩などをねらって地面に作るものは「地バンゴ」という。

正太らがそのハンゴを作っていたときだ。伐採地跡で、まだ藪にもならず低い雑木が伸び始めた斜面だった。あと数分もあれば出来上がるというとき、柄長一団が近づいて来た。十羽ほどである。彼らは雀よりも遥かに小さく、その代わり比較的長い尻尾を持っている。白い小さな繭玉のような頭には淡いワイン色と黒色の部分があって、どこか化粧でもしたようなお洒落な感じがある。集団で移動するのが特徴の一つだ。あわてて仕上げようとする正太のそばに来て、未完成のハンゴの上にまで止まっては枝移りしながら通り過ぎて行った。

「もうちょっとあとで来てくれや」と正太は嘆いた。完成後に期待したのだが、なぜか成果が上がらなかった。ハンゴに掛かっているものは、首や胴体が強力なバネの力で絞め上げられ無残な死体となっている。気持のいいものではない。いまそこに生きていたものを体温のあるうちに手にする、早撃ちのゴム銃の方が正太らにはなんぼかよかった。

何がきっかけとなったのか、勇と正太はある日突然巣箱作りを始めた。鳥を追っかける「猟師」なのだから、たちまち熱中して四、五個の巣箱を一日で作り上げた。材料は自然に近いものがいいということで、香山製材で、製材後の余った破片（ガッパと呼んでいた）をもらって来た。杉や檜の、皮の付いたままのものである。裏山へ行き樹上に取り付ける。二人とも木登りは得意だ。種々の違った条件の、鳥たちの好みそうな場所を考えて選んだ。

点検に行った日、見上げても大部分の巣箱に変化がない。期待もせずに二人は一緒に株立ちしている木に登った。観察用の屋根を開け覗いた。そのとたん、二人は思わず嘆声を上げた。二十センチ四方ほどの巣箱の底には、びっしりと黄緑色の苔が敷き詰められ、平にならされて絨毯を敷いたように見事だった。その片隅に、ピンポン玉で押したような丸い窪みがある。その産座にはまだ卵はなかった。初めて見るその巣の美しさに二人は感心しながら山を下りた。本で調べて見た。胸にネクタイのような黒帯のある、頬の真っ白な四十雀の巣だと分かった。

十数日後、雛が生まれている頃を見計らって出かけた。巣箱はあるのだが、しーんとしていて静かだ。そっと上ってみることにした。株立ちの木を、二人はチンパンジーか雪花（芦原などで暮らす雀より少し小さい鳥）のように両手両足で木の枝を突っ張りながら登って巣箱に近づく。

蓋を開けた。思わず「わーっ！」と叫んで仰け反った。ぴゅっと出てきたのは蛇の鎌首だ。向こうも驚いたのだろう、くにゃりくにゃりと枝渡りしながらやって来る。勇も正太も落ちてはたまらない。足をつっぱり手をやりくりして、わーわー言いながら枝を移動する。胴回りは親指大だから小さい部類なのだが、二人は慌てた。蛇のほうも一生懸命逃げていたのであろう、日ごろは大きな青大将などをいじめている二人も意表をつかれ度肝を抜かれた。こんな木の上に、どうやって蛇が上がって行ったのか、予想もしていないことだった。

真っすぐな杉の幹の中間に架けたもの、これは体全体で抱き付くように上って行くほかない。勇が担当した。内部を覗いたとたん、またも「わーっ」と叫んで「百足！　百足！　でかいやつ！」、と騒いだ。力を抜けば滑り落ちてしまうのだ。

ほかの一つには大きな蜘蛛が入っていた。蜘蛛の大嫌いな正太は仰天した。樫の木の中のものは、巣箱いっぱいに木の葉が詰まっていた。てっきり人間の誰かが悪戯したのだと思った。ただ、まわりの木の葉が沢山ちぎり取られていたから、なにか小型の獣が塒《ねぐら》として利用していたのかも知れない。

こうして巣箱による野鳥への接近作戦は、いろいろな生き物に驚かされただけで、二人にとって面白い結果とはならなかった。

地蔵淵

二学期が始まって一週間ほど経った日だったろう。昼からの第一時限目「社会」の時間中に吉野内先生が入って来た。川越先生に耳打ちをしている。川越先生はすぐさま向き直ると、「伊藤さんと井澤さん、すぐに出なさい」と来た。

俺と勇と吉野内先生といえば、警察と来る。今度は何事かと思いながら、吉野内先生の顔色をうかがう。

「警察じゃ」、吉野内先生は半分笑っている。次の瞬間、大真面目な顔をして言った。先生の口から出てきた言葉は、背筋に井戸水を流し込んだように、ぞっとするものだった。

「お前ら、地蔵淵で赤ちゃんを見たそうやな…?」

そんなことを言った覚えはない。思わず勇を見る。

「おらも、そんなこと知らん。ただ母ちゃんに、キューピー人形みたいなものがあった、とは言った」と勇。

「ま、とにかく一緒に警察じゃ」

一時間後、正太と勇は洗濯をしてしまっておいた水泳パンツとサポーター、そして水中眼鏡を持って地蔵淵にいた。一緒に来ていた人物も只者ではない。巡査部長はもちろんだが、吉野内先生に校長先生、香山製材所所長の消防団長、これは郷子さんのお父さんだ。法被を着た消防団員四、五人、見覚えのある村の人たち数名。こうして地蔵淵に沿った田圃の畦に、十数人の大人が並んだ。そのうえ遠くの家の庭先から見ている人たちも少なくない。

沈んでいたのは、奥山組の米田家の赤ん坊絵美ちゃんではないか、と派出所で聞かされた。六月の大水のとき、若いお母さんと一緒に流されてしまった生後十ヶ月の子であろう、というのである。そんな話、正太も勇も知らなかった。大人たちは知っていたようだが、誰も口に出さなかったものらしい。

潜って行けばすぐにも引き上げられるように巡査部長は言う。あんな深いところまで簡単に入ってはいけない、と二人は主張した。水深七メートルはあるのじゃないか、と実際は知らないけれども少し大袈裟に言った。南浜村から潜水漁をしている漁師を呼んではどうか、などの相談が為された。あんな遠い海岸部からでは何日あとになるか、それに来てくれる者がいるのか、大人にそのくらいのこと出来るものはいないのか、一時間近く警察で議論がなされたのである。

とうとう一人の若い青年が申し出た。すまんのだけど、この二人に試しにやってもらえないか、おれの妹が可哀想で…、と涙声であった。

詳しいことは分からなかったが、この青年の妹が奥山組にお嫁に行き、六月の大雨の日、家の近くの土橋の上から赤ちゃんを背負ったまま、増水した川に落ちたらしい。お母さんのほうは二日後、蔓葦の中で見つかったのだが、赤ん坊のほうはまだなのだそうだ。その人は、人形のように見えたのは絶対に赤ん坊、絵美に間違いないと懇願した。大の大人のその姿を見ていて、正太は熱いものが胸にこみ上げてきた。勇も同じ気持のようだ。

九月に入るとやはり水は冷たい。まず二人で様子を見に潜る。光線の具合が変わってきているのが分かる。真夏とは違って暗い、随分と確認しにくい。しかしやはりそれらしきものはあった。

巡査部長らが出してきたものは、ロープの先に結わいつけられている、船の錨のような形をした鉤型の金具である。これでひっかけようというのか。あとで知ったことなのだが、これは便利な警察の常備品なのだそうだ。いままで数々の手柄をたてた実績があった。溜め池などに身投げした人を、小船に乗って底浚いのようにして掻き出す。その際に抜群の性能を発揮するのだという。

しかし赤ちゃんの肌にこんな道具を使えるはずもない。畦道でどうすればいいかの議論が始まっていた。抱き上げて出してはくれないか、というのはあの青年の声だった。真山壮一と名乗った。

二人は思い切って深く、勢いをつけて潜って行った。温度が急激に寒くなった地点だ。しかし真夏ほどの差がない。上のほうの水温が下がったせいだろうと思う。だが困ったことが起こった。正太の水中眼鏡が急激に曇った。視野が完全に閉ざされてしまう。慌てて浮上する。ズボンの裾を巻き上げて水辺に下りていた校長先生が見えた。

「校長先生、そこの蓬《よもぎ》の葉っぱ、取ってくれませんか」

「よし、分かった。これでいいか」

校長先生の動作は素早かった。校長をあごで使うなどということがあろうとは、正太は思っても見なかった。蓬の葉を揉んで、水中眼鏡の裏表にしっかりと刷りこんだ。しかし次々と難題がやってきた。次の潜水のとき確かにそれは視野にはっきりと確認できた。そのとき勇は突然Uターンしてしまった。正太も同時にその必要を認めたときだ。耳穴に「ツツーッ」と音がして水が入ってしまったのだ。水面で立ち泳ぎをしながら聞けば勇も同じだ。

校長先生に頼んで、今度は畦に植わっている畦豆の葉っぱを取ってもらう。浅瀬でケンケンをして右耳の水を抜く。畦豆の葉っぱを柔らかくもんで、思いっきり強く耳穴に詰める。

三度目の挑戦。息が苦しくなることはなかったのだが、あと少し深く、と思うところで体が浮き上がってしまうのである。怖気づいているのではない、と正太はしきりに自分に言い聞かせた。早く赤ちゃんを、おそらく赤ちゃんだろう、絵美ちゃんを助け出してやりたい、それに何よりもこんな仕事を早く終わりにしたい。水面に浮かぶと勇と相談をする。あの深さは経験をしたことのないものだ。どうやって到達すればいいのか。それに体がだんだん冷えてくるのが分かる。勇の唇が紫色になっている。

岸のほうで大声がするので、見れば大人たちは畚《もっこ》を一つ運んで来ていた。それに先ほどの錨の金具を引っ掛けている。あんな藁で編まれたようなものをどうやって沈めることが出来る。それにあの深みまでどう運んで行くのか、と正太は思う。ところが消防団長が叫んだのだ。

「畚に石を入れろ、沈めながら行け！　赤ん坊を載せろ」

さすがは消防団長だ。正太はひらめいた、石を抱いて潜ればいいのだ。

大人たちのうち数人は静観しきれないのか、何人か浅瀬の中に入って来ていた。一人の消防団員に、勇が注意した、「すり鉢のように、急に深うなっとるけん、いけんぞな気をつけんと…」という言葉と同時に、その人は法被のまま深みに沈みこんだ。すぐに浮き上がっては来たが、なんだかんだの騒ぎが続いている。

秋の日が傾くのが早いと思った。暗くなる、寒くなる…正太はあせった。

「勇、石を持って潜るぞ。底のほうで放しゃいいんじゃ」

「それより、畚と一緒に行かんか」

それはいい考えだ。しかし石を載せた畚は、さっさと先に行ってしまうのだ。つながれたロープを手繰るようにして深みを目指した。

赤ちゃんだ。そのもっとも近い部分、足首にやっと手が届いた。勇が畚を引き寄せた。乱暴なようだが、足を引っ張ったまま畚の上に振りあげるようにして載せる。勇がロープをしゃくって合図を送る。すぐさま畚は水面に向かう。赤ちゃんが、ふわーっとこぼれ出そうになる。正太は両手で畚の中に収めようとする、柔らかい感触が両手に残った、と思う間もなく、水面にがばっと浮かび出た。

大人たちは口々に奇妙な喚声を挙げた。真山の壮一さんは大粒の涙を拭いもしなかった。声を抑えて泣いていた。体が冷え切ったためなのか正太の体は小刻みに震え、止まらなかった。


一週間あまり経ったある日、真山壮一さんが正太の家を訪ねて来た。「絵美の埋葬も終わりましたので…」と、勇宅へもお礼に行っての帰りだそうだ。母と長い間、話をしていた。渡された大きな紙箱の中は金山大成堂の「たまご菓子」である。早く食べたいのに、母の合図がいつ出るのかじれったい。待ちながら、話を聞くでもなしに聞いていた。

壮一さんの妹、静子さんが嫁入りした奥山組の米田家は、昔からの旧家で立派なご両親に恵まれ、不自由のない生活だったらしい。口数が少なくておとなしい静子を、ことさら大事にしてくれていたという。ところがそれが災いのもとだったようだ。その家の末娘達子がいつも「はっきりしない子は、うちには要らんのじゃ」と言って、互いに性分の合わない間柄だったらしい。静子とは反対の性格だったようだ。そんな達子の不満を近所の人が何度も聞いていた。いくら自分が二度も流産したといっても、うちの静子に責任はないことだろうに、と元気に絵美を育てている静子が、よけい気に入らなかったのだ、と壮一さんは言う。

六月の大雨の日曜日、達子が里帰りしていた日だった。静子は絵美を背負い紐で背中に括り付けて大雨の中に出て行った。あの山瀬の土橋から増水した川に身を投げた。翌日には静子だけが背負い紐を身に付けて、一キロほど下流の葦原の中で見つかった。

話が進行するうち、ある時点で正太は驚くべきことに気付いてしまった。その達子とは、川越達子先生のことだったのだ。いままでそのような話など何も知らなかった。そんな事件があったことさえも知らなかった。子供なのだから、それはそれでおかしくはないとは思う。そんなことが起こっていたのか、正太はいま、大人の秘密めいた世界を知ってしまったのだ。気分が重く沈んだ。黙りこくっている正太を、執拗に攻め立てた川越先生のあの眼差しが思い出された。

真山の壮一さんは、静子さんが身を投げたと決めてしまっている。しかし正太にはどうしてもそうとは思えない。くちばしを挟みたかったのだが我慢していた。生後十ヶ月の赤ちゃんを抱え、嫁入り先の両親にも大事にしてもらっていながら、そんな気持になるものだろうか。身投げではない、そのことを証明する材料を正太は知っていると思った。

正太の家から歩いて一分もかからない花山橋に、大水の日に出掛けたことがある。そんな日は子供は絶対に川に近づくなと言われてはいたが、その日は大勢の青年団の連中と一緒だった。思えばあれが、遥か上流で身を投げた静子さんを捜索していた日だったのだ。

花山橋も欄干のない土橋である。正太が濁流を橋の上から覗いたときのことだ。上流側から下を覗いたとき、いきなり橋は、全速力で上流に向かって突っ走り始めた。つられて正太の体重が頭から前のめりになった。わっと声が出た。前進する橋に合わせ重心が前へ行ってしまうのだ。思わず屈み込んだ。危ないところだった。正太は下流側からも覗いて見た。橋は後退する一方である。重心の感覚はやはり異常だが、後ろへ引こうとする具合に働く。

正太はそのときのことを思い出したのである。静子さんは上流側から川を見たのに違いない。覚悟のものならば、赤ちゃんが簡単に解けてしまうような括り方など…、もっとぐるぐる巻きにするに違いない。

正太は口に出して割り込みたい衝動に駆られる。だが、それを言ったところで赤ちゃんが生き返るわけでもない——と考えた。だがそのとき、ふと正太はあることに気付いてしまった。

もしも、壮一さんの言っている覚悟の身投げではなく、自分の考えるようなものだったとしたら……そのときまだ生き続けたかった静子さんだったとすれば、静子さんにとって予期せぬ事故であったのなら、……正太はいま自分の考えていたことの悲惨さに気付いて愕然とした。

考え込むと気がおかしくなりそうだった。胸苦しさに、そっと家の裏に出た。庭の向こうの縁から田圃の畔道にかけて、彼岸花が咲きほこっている。真っ赤に、燃えるような勢いで行列をなしている。どこか遠いところへ続く道標であるかのように、赤い花の群れはずっと連なっている。

夏の日は瞬く間に過ぎた。蜩の声を聞くこともなくなり、お宮の石垣に蟋蟀たちの声が広がる。新聞配達の夕暮れ、正太は早足になる。おヨネばあさんのことを早く忘れたい。地蔵淵の赤ちゃんの、あの白い柔らかい感覚もあまり思い出したくない。校長先生から「警察署長表彰」の話があったときも、勇と二人即座に、お断りしてください、と頼んだ。吉野内先生も、それがいいと言った。新聞に載るようなこともなく、村でもひそひそ話はされていたようだけれどもほとんど口にする人もいなかった。ただ川越先生に出会うことの多い学校では、いやでもあの赤ちゃんのことが思い浮かんで気持が落ち着かなくなる。憂鬱になって俯いてしまうのだ。大人の世界には、知らないほうが幸せなことが沢山あるようにも思える。勉強だって、知り過ぎて不幸になるのではないのか、とも思うのだが、こんな疑問、誰も答えてはくれない。

骨折と民衆の旗

十月になった。徹の松葉杖はお役御免になった。今まで以上に元気に走り回っている。それというのも、徹は思わぬヒーローになってしまったからである。

毎年開かれている「校区対抗スポーツ大会」の日のことだ。徹は跳び箱など器械体操も苦手、やせ細った体躯には体力なし、まったく自信のない自分が、練習をしているうちに自然に「選手」に選ばれてしまっていた。もちろんその成績によってだ。種目は「走り高跳び」、そうなった原因は誰にでも理解できた。二ヶ月近くも左足だけに頼って生活していたのである。その成果は凄かった。身長百六十センチほどなのに、走り高跳びの正面跳びで百三十センチ近くまで飛ぶことが出来るのだ。ただ着地する地点が、あの同じ砂場である点が嫌な感じではあったのだが。

大会の日、最後まで競い合ったのは体格のいい萩山校区代表のKだった。初めのうち、みんなの声援は公平だった。だが最終の二人の争いとなったとき、徹が成功すると、まるで失敗を望むかのような口汚さで大声をあげる萩山校区の連中がいるのだった。砂場の周りで、一年生から三年生まで一丸となって応援をするのはいい。ただ対抗選手が成功したからといって、なじることはないだろう。

徹が砂場に着地してふと視線をやった先に、潤子の姿があった。大声を挙げて何か叫んでいた。自分を声援してくれているものと思いたかったのだが、口汚い連中の真ん中だった。そんな希望的観測はまったく望むべくもない。

徹は半分やけくそで頑張った。その結果二センチの差でKに競り勝った。総合得点の差が緊迫していたときだったから、滝野校区の連中は大袈裟に徹をヒーローのように担ぎ上げて騒いだ。数ヶ月前の悲劇の砂場がたちまちにして英雄の砂場となった。徹は思った、運動競技などというものは鍛錬次第ということなのか。何もかもそれでうまく行くとは思えないけれども、多くの場合、間違いなくそのような結果をもたらすのだろう。左足ばかり酷使していたことが「鍛錬」になっていたとは、何がどうなるものか分かったものじゃない、とこの数ヶ月の幸運や悲運が列を成して思い浮かんでくるのだった。

その砂場がまた数日後に、徹を驚かせてしまう「事故」の現場となってしまうとは。しかもその主人公は向山奈保子だったのだ。

その日、午後の四時限目「体育」の時間が終わったばかりだった。放課後の「清掃」の時間が始まろうとしていた。女子の「体育」が砂場のあたりだったことは徹も知っていた。徹のところに走って来たのは熊谷加奈だ。

「徹ちゃん、早よ来て！」

息を切らせている。

「何があったんぞ？」

「奈保ちゃんが、奈保ちゃんが、ちょっと鉄棒から降りただけなんよ…」

徹には、何のことかよく分からない。

砂場の真ん中に数人が固まっている。加奈に引っ張られて輪の中に割り込む。体育のS先生と一緒に立っていたのは奈保子だ。奈保子の左腕、その上膊部を見て徹は息を呑んだ。折れた白い骨が二センチあまり突き出ているではないか。傷口の肉がめくれ、どす黒く赤い血がとろりと垂れている。

徹は声が出ない。傷口と奈保子の顔と交互に見つめるばかり。これでなんともないのか、痛さを感じないのか、表情も変えずに立っている奈保子が不思議でならない。徹は自分が叫び声を上げそうになった。あの骨折の日の痛みを、どうにもならない疼きをまざまざと思い出す。

「おお、徹。原田先生のこと知っとるの？」

知っとるのって、当たり前じゃないか、接骨院の先生じゃ。S先生もだいぶん動転しているのだ。原田先生に急遽来てもらうことになった。職員室からの電話によれば在宅らしい。徹に迎えの役が命ぜられた。学校の自転車で迎えに行けとのことだ。一刻を争うことは徹にも分かる。学校から一キロほど上手だ。

徹は思いっきり自転車を漕いだ。奈保子のあの傷口を思い出しながら漕いだ。表情も変えないでいる顔がちらついた。激痛がおそってくるような感覚を振り払うように必死にペダルを踏んだ。喉がぜーぜー鳴った。

原田先生を後の荷台に乗せた。帰りは下りだ。スピードが上がる。道路の砂利が邪魔をする。何度ハンドルを取られて先生ごと横転したことか。さすがは柔道有段者だ、平然と起き上がって「さあ、走らんか！」と荷台に跨るのである。徹は脛の辺りやらあちこちと打ちつけるばかり、あせりつづけて帰還した。

奈保子はあのベッドに寝かされていた。徹のように唸ってもいない。目を丸くして「奈保ちゃん、痛うないんか？」と訊く徹に、「うん」と見上げているだけである。

「左上腕骨開放骨折じゃな」と宣告した先生は「うーん」と言うなり奈保子を見ている。平気な顔でいる彼女に驚いていているに違いない。

「向山さんとこの子でしたな？　高島先生にも診てもらって、それからですな」

高島先生とは校医の内科専門の先生だ。徹は遠慮しなければと、職員室のほうに出た。すると原田先生も一緒に出て来たのである。「養護の先生は、どなたやったかの?」と徹に訊く。徹が答える間もなくそばにいたM先生が「私です」と進み出た。

原田先生は「K市の病院に搬送ですな」と小声で言って、徹のほうに向くなり「その後、調子はどうだ?」と言う。走り高跳びで優勝したと答えたかったのだが、この場では相応しくない。「はあー」と口ごもった。

「ま、君の場合とは大違いじゃの、うんうん言ってないもんのう…」

奈保子の状態を詳しく尋ねたいと思うのだが、何を聞いていいのか思い当たらない。俺は混乱している……。

その日の夕方、奈保子は母親に連れられてK総合病院へ向かった。バス停で徹は「折れて繋がったところは二度と折れんのやと」と原田先生が徹に言ったことを思い出して奈保子に囁いた。しかしすぐに、俺はなんとへまなことを言ったのだろうと後悔した。正しい説明ではあるのだろうが、何度も折れたのではたまったものではない。「うん…」とおとなしく頭を下げてバスに乗った奈保子の顔が、白い包帯で体ごとぐるぐる巻きにされ、そのうえに上着を載せたような姿でバスの窓からのぞいていた。涙も流さず痛みも訴えない彼女が徹には不思議でならない。

二週間ほど経ってから、奈保子が退院し帰宅していると加奈から聞いた。徹は正太と相談して、お見舞いに奈保子の家に行くことにした。何か持って行くか、などと言っているときに、正太が

「なんでかのう、なんでかのう…」と悩みながらやって来たのである。聞けば、正太の母が、お見舞いに行くことを特別に強力に、ヒステリックに反対しているのだという。「理由を何で訊かんのぞー」となじれば、「あの様子では、深いわけがありそうなんや、訊けるか」と正太。

加奈ら女性陣はとっくにお見舞いに行ってきたそうである。母親に訊くよりは加奈のほうが手っ取り早い。

二人はすぐに独りでいる加奈を捕まえた。

「ふーん、そうなん…」などと言って薄笑いを浮かべていた加奈は、突然厳しい顔つきをして言った、

「今年の春のツベルクリン反応、正ちゃんはどうやったん？」

「陰性やった。それがどうした？」

「徹ちゃんは？」

「俺も陰性」

「二人とも駄目やね、ツベルクリンの検査、何でやるか知ってるやろ？　今年も痛ーいＢＣＧ注射、打ってもらうんやね」

加奈はおまけの言葉が多過ぎるのだ。そこまで言われれば正太にも理解できる。奈保子の一番上の兄は、ずっと肺結核で臥せっている。村の一部の者は「肺病たん」などと呼ぶ。まず治らない病気だそうだ。いいとこの跡取り息子が残念なことだ、と同情する声があるのも知っている。

正太は新聞配達で土手から下ってくるとき、縁側に座っているその兄の姿が見えれば、新聞を玄関に入れず庭を通って縁側のほうに回る。そして直接手渡してあげることにしている。初めてのときにひどく喜ばれたのだ。これは母には内緒にしなければならないことのようだ。

その長男の人は、本当に色白であった。その上ほっそりと女の人のようにさえ見えるのである。眼差しが優しい。穏やかな雰囲気が体を包んでいる。配達のとき、これから庭に回るサービスは止めないだろうと思う。

徹は「俺は、奈保ちゃんの家、一回も行ったことないんや」と言った。しかしその翌日、奈保子が登校して来たのだから徹も正太も驚いた。そののちも長い間大きな三角巾をしたままだったが、「治りが早かったんと…」などと笑っている。「あの時は、徹ちゃんありがとう」と丁寧にお礼を言ってくれた。「自転車で転び回ったんとね」などとも言う。誰がそんな要らぬことを話したんだ。

傍で見ていた正太は、そのときの徹の表情を一生忘れないだろうと思った。なんと表現したらいいだろう、心の奥深く沁み込んでくるような、見たこともない何かが溢れていた。

「右腕を幾ら鍛えても、スポーツ大会で優勝できる種目、ないもんね」と奈保子は言った。徹の顔はまたまた輝いた。

「槍投げや砲丸投げがあるぞ」と徹が言う。そんな競技、誰も見たことのないものであった。しかし徹の気持は分かる。

「勇ましい競技やねえ、女の人もやるんやろか…」と奈保子は笑う。

その笑顔は明るいものだったが、その頃、大農家向山家で起こっていることの多くを、村の誰もまだ知らなかった。しかし徹たちにさえ、その気配の一つくらいは感じられないでもなかったのである。

その第一のもの、それは奈保子のすぐ上の兄のことだ。奈保子とはかなり年が開いているらしい。二十歳をとっくに過ぎているようだったが、大阪とかに進学していたのに自分勝手に退学していた。時折帰省して来る向山家の次男坊章正さんだ。

彼の行動は村の誰もが知らないわけにはいかない。章正さんは、田圃の中の農道のあちこちを、朝な夕な大声をあげて歌をうたい闊歩する。当初は頭がおかしくなったのではないかと大人たちは噂した。しかし話をすれば頭は冴え渡り、言ってる理屈も二十歳過ぎの青年にしては世の中の仕組みをよく知っている。むしろ教わることのほうが多いのではないか、ということになったのである。その話しっぷりが穏やかで、相手の程度に応じて話し方を合わせる。その点でよく出来た子だという評判さえ立った。ただなぜ大声で歌いながら歩き回らなければならないのか、については誰も理解できていないのであった。

徹らは何度もその歌を耳にした。せりふの意味はよく分からないけれども、暗誦できる部分も少なくない。それほどに繰り返し聞かされた。いやでも聞こえてくる。

——聞け万国の労働者…汝の部署を放棄せよ…永き搾取に悩みたる…起て労働者奮い起て…

――民衆の旗赤旗は、戦士のかばねを包む…卑怯者去らば去れ、我らは赤旗守る……来たれ牢獄・絞首台…

次々と歌われる歌詞は勇ましい調子のものばかり、その大きな声が盆地の山々に木霊して跳ね返ってくる。章正さんは、空に向かって大口をあけ大声をあげ大またに歩みを進める。帰省している間は毎日、それが続けられた。突然の数日間、台風のようにやって来ては、また突然に元の静かさが蘇る奇妙な日々が、間歇的に繰り返される。

大きな農家の次男坊が帰省したかと思うと、大声を張り上げ野山を闊歩する、それはどう見ても、正太や徹らにとって落ち着かない気分を運んで来る。日頃、蜩や小鳥の声や、蟋蟀とか牛とか鶏の声が流れている山里に、数日間とはいえ、村人たちには誰だか分かってはいても、盆地の中に響き渡るのは異様なものであった。まさに向山家に何かが起こる前触れであった、というよりもすでに多くの問題は生まれていたのである。おそらく家族のもの以外、特別に関係している者でなければ知らないことであったろう。徹にとっても、奈保子のおっとりとした穏やかな優しさは、何ら変わることがなかった。

ある日、正太の家の前の道路を、聞いたこともないような異様な音が近づいてきた。人の喚き声も一緒だ。玄関先にいた正太は思わず外に出た。下手から灰色の牛が一頭、頭を上下に激しく振りながら道路の真ん中を突っ走って来る。灰色の牛は村で一頭だけだ。奈保子が自慢していたあの「太郎」に間違いない。驚く間もなく太郎は正太の目の前にやって来た。その後に何と人間がくっついていた、というよりも手綱を握ったまま倒れて引きずられていたのだ。奈保子の父だ。顔や肩の辺りの血の色が土ぼこりの中にはっきりと見えた。牛の激しい鼻息が正太の耳元を通り過ぎる。まるで牛自身の怒りの塊のようなものが迫って来た。日頃は、おとなしく田んぼの中で働いているあの優しい目をした太郎とも思えない。一体何が起こったのだろう。

正太の目にさらに驚くべき光景が飛び込んだ。走り来る太郎の直前に両手を広げて立ち塞がった人がいたのだ。「うわーっ！」と心の中で叫んだ。太郎は、大きく湾曲した角の生えた頭を斜めにしながら横をすり抜けようとした。立ちはだかったのは真山壮一さんだ。鼻木と角の一つを両手で掴むやいなや、それを抱え込むようにした、と同時に牛も壮一さんも、どさん！　と地面に倒れこんだ。砂煙が上がる。何人かの大人が一斉に駆け寄った。

そのことがあって数日後、向山家の使用人の源さんが、畑の片隅の木小屋のような住まいで死んでいた。死後三日目くらい経っていたらしい。警察の事情聴取などもあって、向山家の内情が俄かに村人たちの噂に上がるようになった。

もちろん徹たちの耳に入る類のものではなかったが、うすうすは何かが奈保子の家に起こっているのだという感じが伝わってくる。相変わらず穏やかな奈保子の横顔が、ときに寂しげに翳っているのを徹は見逃さなかった。

潤子との思い出に被さるように、あの奈保子の事件が起こって以来、徹は奈保子のことが気になって仕方ない。めったに話をする機会のない母親に尋ねることも出来ないのか、たびたび正太に話を持ち掛けてくるのである。正太も特別の情報源があるわけでもなく、噂話のようなものを恵利子らに尋ねることも出来ない。いきおい自分の母に訊くことになる。それも満足に相手にしてもらえることは少なく、ときたま面倒くさそうに「子供には関係ないことやけんね、奈保ちゃんに言うんじゃないよ」と言いながらもポロリと真相めいたことをこぼす。

その頃、戦後三年間ほどをかけてＧＨＱ（連合国軍総司令部）の指令で「農地改革」が行われていたのである。向山家は小作人に貸し与えていた農地の一町歩を除く他の全部を、只のような値段で国に取り上げられてしまった。小作人からの実入りはゼロになった。使用人を減らして見てもどのように農業を続けたらいいのか、向山家は難題に直面していた。

長男は病弱で農業を継ぐことは出来ない。そんな折、次男坊章正は帰省するたび幾らかのお金を持ち出しているらしい。なんとか運動の資金に必要なのだそうだ。長男の病状はひどくなるばかり、薬代医者代など療養費が嵩む。父親が先物取引とかいうものに失敗して大損をした、それは実は株取引の信用売買の方であって、そのために残された田畑の多くと屋敷まで抵当に入っている、などと、噂の材料は山ほどにあった。しかし真相は分からないのだからいらぬ関心を持つな、と母はいつも締めくくった。

正太はそんな込み入った話、あまり興味を覚えなかった。ただ少しだけ奈保子のことが心配だった。だから適当に徹に報告をした。徹には遥かに強い関心がある。真剣な面構えで耳を傾けていた。

加奈に冷やかされたＢＣＧの接種の日が来た。正太と徹はもちろん対象者だ。数日ののち、正太には異常が出なかったのに、徹の左の上膊部、接種したところが化膿した。大したことはないだろうと思っていたが、膿の出る部分は次第に広がって行った。学校から異常のあるものは申し出よ、と通知があった。

数人の者に同じ症状が出ていた。校医の高島先生がそれらの者を診察した。何日か経って、BCGの品質に問題があり、全国的に起こっていることらしい、との話があった。

徹のシャツの袖に膿がこびりつくことも多く気持が悪い。包帯を解いて見れば、直径三ミリほどの穴が二つも開いていた。その周辺はもちろん汚く化膿してずるずるしている。風呂のときがもっとも困る。入浴後はしっかり消毒しておくようにと、黄色い粉薬が支給された。

徹は思った。奈保子の左腕と同じ場所だ。奈保子の傷跡を見せてもらったことはないけれども、それははっきり残っている、と加奈から聞いた。BCGの化膿の傷がいつ治るのかは分からないが、どんな傷跡になるのだろう、と徹は思う。

八つ鹿踊り

稲刈りが終わり、稲木は田圃ごとに秋の陽を浴びて連なっている。滝野村の秋祭りがやって来た。

中学生になった今でも、祭りは特別に気分の高まる日だ。最も心臓が高鳴る時、それは、牛鬼の頭が家の中に突っ込まれる瞬間だ。外で見るよりも遥かに大きいその頭部が、目玉を剥き真っ赤な口をあんぐりと開け、首から全体をぐらぐらと揺すりながら座敷の上にぬっと入ってくる。緑や赤、金銀、黒、朱、黄色とどの部分がどうなのか、混然と彩られている姿は異様だ。法螺貝代わりに「ぶおーっ」「ぶおーっ」と鳴らされるのは竹筒で作ったもの、担い手も勢子も一斉にそれを吹き鳴らしながら、牛鬼が暴れまわる。

低い鴨居に角の一本が当たったのか、牛鬼の帰ったあとの土間に、剥げ落ちた漆塗りの角の破片が落ちていたこともある。大人数十人が担いだ体長七、八メートルはあろうかと思われる黒色の巨体は、わさりわさりと移動する。「ぶおーっぶおーっ」と腹の底に響く雄叫びを上げながら。

その牛鬼の前に回ったり後にくっついたりして法被姿で走り回っているのは、あの村議会議員Yさんだった。法螺貝代わりの竹筒を持ってはいるが、口に当てて吹いているときは少ない。大声をあげて喚いているばかりだ。指揮を取っている気分なのか。正太と勇を見つけると、

「ややっ、あんときの坊ら、気ぃつけーよ、こける（転ぶ）なよ、牛鬼ぁ、やたら暴れるけんの」

と忠告してくれたが、こけそうなのは自分のほうだろう。見ていても五十歳代くらいなのだろうが、かなりの年寄りに見えて危なっかしい。お神酒が入っているようだ。

「そりゃそうと」と、また寄って来て「こないだの地蔵淵では、偉かったのぅ。よう死人に縁があるもんよ、ほんでも、そがいに気にすんなよ…」と言う。

褒めるんならそれに相応しい言葉があろうに、要らぬことを付け加えるものだ。誰も気になどしておらんわい、と正太は睨みつける。あの体の動きでは、いずれ牛鬼に踏み付けられて大怪我するぞ、と胸のうちにつぶやく。

「おっちゃん、無理するとへこたれる（弱ってしまう）ぞな」

おらんだ（叫んだ）のは勇である。聞こえたのか聞こえないのか、Yさんは何か喚きながら機嫌よく牛鬼の前にちょろちょろ出て行った。勇もやるものだ。

牛鬼に続いてやって来るのが四ツ太鼓だ。神輿のように担がれてはいるが、担い棒は直径十五センチほどもある頑丈なもの。その棒を担い手の青年たちは道路わきの電柱にわざとに（故意に）ぶっつける。中央の四角い台座には大太鼓が一個埋め込まれ、四方から小学高学年の男児が四人、太鼓を囲んで打ち鳴らす。彼らは四方の桟に晒で胴体をしっかりと括り付けられている。さもないと電柱にぶっつけたときに放り出されてしまうのだ。また四ツ太鼓はしばしば横転する。

勇が乗ったときなど何度も振り落とされ、白い晒の紐で宙ぶらりんになりかけた。そばの担い手が慌てて元の位置に担ぎ返す。横転したままでも鼓手はずっとたたき続けなければならない。その我慢強さが見物客たちの喝采を浴びるのである。叩き続ける太鼓の音が祭りの気分を盛り上げる。

毎年決まって、牛鬼と四ツ太鼓は「突き合わせ」の喧嘩をやるのだ。竹で編まれた大きな竹篭に髯の生えた布を被されている造りの牛鬼に勝ち目はない。それでも見かけ上ははるかに牛鬼の方が強そうに見えるのだから、見物客たちはけしかけるのだ。大きな首を伸び上げて真っ赤な口をあけ、四ツ太鼓の頭の上から睨み付ければ、いかにもそれは強そうに見える。一段と激しく叩き続ける太鼓の音に、「ぶおーっ」と法螺が重なり合って、そこらじゅう緊迫と喧騒の坩堝となる。怒号や人いきれが渦巻き、奔流のように広がる。

あの年正太は、鉢巻を締めた勇が顔を高潮させ、一心に桴《ばち》を振り下ろしている姿を羨ましく眺めた。

終盤近くになれば、四ツ太鼓は「千秋楽ーく、万歳楽ーく」と謡いながら、やや落ち着いたリズムを刻み始める。

その頃にやって来るのが「八つ鹿踊り」だ。道路の真ん中に適宜、筵《むしろ》を敷き延べ、八頭の鹿が舞う。

先鹿と後鹿と呼ばれる二頭の雄鹿は、背に華麗な短冊をくくりつけた笹を背負っている。女鹿は頭部に様々な色の花を飾り付けている。八つの鹿は腹部に小太鼓をつけ、その上から白、水色、赤でつながれた衣装で覆い、小太鼓を打ちつつ謡いながら舞う。横笛がその歌に添って流れる。

——まわれまわれ、水車おそくまわりてせきにとまあるな、せきにとまあるな……

——京でごかんのからやのびょうぶを、一重にさらりと立てやならべた、立てやならべた……

――くにからもおいそぎもどれと文がきた、おいとま申していざ帰ろうや、いざ帰ろうや……

などと、十一番も唄は続いている。正太らにとってはさっぱり意味が分からないが、何度も繰り返し聞かされて、耳にすっかりこびり付いている。

場所によっては、かなり狭い庭先などで踊ることがある。

そんなあるとき、正太と徹は最前列にかがんで見物していた。男鹿の綺麗な短冊が目の前にやって来た。向こうへくるりと回った隙に、ちょっと一枚引っ張って失敬するのだ。二枚ほど成功したあと、また男鹿がめぐって来た。歌いながらくるりくるりと踊り進む。向こうへむくのを窺っていると、軽やかに広がるきれいな布がふわっと徹の頭に被さった。「こぽん！」と音がした。「あいたっ」と徹が言った。

小太鼓を叩く勢いとほとんど同じ力であったのだろう、徹は「痛やー、たまるか、やられたー、何で俺だけなんやー」と、頭をなでて嘆いた。たん瘤にはならなかったようだ。

正太らが低学年であったころまで、稚児行列もあった。武者行列と合体したようなものだったから、小さい子供が鎧兜を着け武具を持って行列するのである。母親たちは、お宮の蔵から取り出した色とりどりの衣装を着せ付けるのに大変だった。

正太らが、その行列をして広場に落ち着き、床几《しょうぎ》に腰を下ろして神事や八つ鹿踊りを見ていたとき、腕の一部が胸の鎧の金具に触った。一瞬、火傷したかと思った。ものすごく熱くなっていた。秋の日差しでもじっとしているとこんなに焼けるのだ、と驚いたものだ。それは真鍮のようなもので出来ていた。

　戦後、幼児の武者行列が消えた。鎧や武具などの金属類が供出されてしまったから何にもなくなった、と大人たちは嘆いた。秋祭りから優雅さのようなものが消え、勇ましく荒々しいものが残った。戦後のウップン晴らしのような、ひどく元気いっぱいの祭りが続く。八つ鹿踊りも寂しげな哀愁の味わいがあるように感じられても、踊りそのものは激しい。踊りの中休み、布を鹿の面の上に跳ね上げ水分や休憩を取っているとき、踊り手みんな汗だくになって息を切らしている。八つ鹿踊りは長い経験が必要で、難しいものらしい。二十年以上も修練を続けている人もいるという。歴史も古く、慶応元年に鹿の面などを修繕した記録があるとか、もう百年以上続く伝統の踊りだ。

　祭りの日、正太ら中学生は何となく中途半端なのだ。牛鬼はもちろん太鼓台を担がせてもらえるわけでもなく、お役目がない。武者行列がなくなって小学生たちも用がない。四ツ太鼓の四人だけが勇ましい花形だ。青年団と大人が張り切って祭りの主役である。子供たち大勢はみな見物客だ。みんなが家の中から外に出てくるものだから、盆と正月とお祭りが一緒に来たようにごった返す。

　祭りには、あちこちの親戚縁戚一党が招待されている。よけいに人間が沢山に溢れ出る。ただ食料品は戦争が終わってからまだ四五年、満足なものもなく貧弱だ、というよりも子供たちはいつもお腹をすかしていた。だから常に「餓鬼」なのである。衣類もまた継ぎはぎだらけ、「着た切り雀」の者が少なくない。

　正太が配達している新聞は、少しずつ厚くはなってきているが、初めのうちは教科書を見開きにしたものの二倍くらいの「タブロイド版」といわれる大きさで、たったそれ一枚のときもしばらく続いた。午後の遅いバスで新聞販売店に降ろされるのだから、晩秋の配達の終わりのほうは暗くなってしまう。誰もいない学校とお宮の森を横切るときが一番淋しい。男の子なのだから弱音を吐くことは出来ぬ。一人で我慢するはかない。それに比べ、この祭りの賑やかさはどうだろう。お酒の勢いなのか、今日のうちにみんな「食い溜め」ということなのか。

　子供たちや同級生などは、祭りの日に親からもらう小遣いが楽しみのようだ。正太にはあまり意味がない。新聞配達賃、月二百円の収入は、ときに母親に貸してあげるほどのものだったから、祭りといっても特別に騒ぐほどのことでもない。ただなぜか弟や妹たちに恵んでやることがなかった。それはおそらくいつも親から「守りをせい」と言い続けられ、逃げ回っていたせいなのだと思う。十三歳年下の妹は、この間まで負んぶしての守りをさせられたものだ。

　祭りの日も新聞は休みではない。夕方近くになって正太は配達に出た。村はずれに出れば日頃よりもよけい静かな感じがする。それもそうだ、みな牛鬼や太鼓台の見物に集まっている。遠くから太鼓や笛の響きが流れて来る。今日はこの盆地の特別の日。お宮を横切るときも、本殿や蔵のところに何人かの人がいて、本殿裏のあの「パンツ干し場」さえ、今日はさっぱりとして明るく神々しく見える。

白地に大きく黒い文字の書かれた幟が数本、鳥居の横の石段のそばでパタパタと音を立てている。風に乗って、街中からざわめきが流れて来る。

檜の香り

こうして祭りの日も遠く去った。山々の斜面の木々の梢が天空を指して白く光る季節が来た。林の中の小道も明るい陽光を浴びる。その中を歩めば、足元の落葉のさざめきが呟くように聞こえる。

小さな雪片の舞い落ちる日も村の空は明るい。寒く厳しい朝のあとに、光に満ちた小春日のような昼がやって来る。

その日は土曜日だった。遠慮がちにも見える雪が、ちらちらと降っていた。学校から帰ると正太は、母から霜焼けのひどい一番下の妹の守りをせよ、と言いつけられていた。最近はねんねこ半纏で背中に括り付けられることも少なく、乳母車に乗せてその辺りでぶらぶらしていればいいのではあったが、体のどこかが、というよりも心の奥底のほうからそんなまだるっこいことを拒絶したい気分が突き上げてくる。要するに、もう子供じゃないんだぞ、自分の好きなようにさせてや、といいたい気概が生まれているのだ。

勇がやって来た。家の牛や鶏、兎の世話を一通り終えて、それも随分荒っぽく済ませて逃げて来たらしい。互いによく遊んだ夏休みの癖が尾を引いているのではない。やはり何か自分らしいもの、そんな過ごし方をやりたいのである。大人たち、特に親は「遊んでばかりしおって、この道楽者が！」などと口汚く叱りつける。子供に向かって道楽者とは、理解に苦しむ。大抵は野山を駆け巡るだけで、特に物を壊したり盗んだり（ときに、おのれ生えのような枇杷の実や李の実を失敬することはあるが）、世間様にご迷惑をかけているわけではない。

勇が「製材所で、何かあったらしい」と言った。

大きな電気鋸がブンブン唸っているあそこは、正太らにとっても近づきたくない場所である。ときどき指を落としたりする人が出る。

今年の夏の夕方、切り落とした親指を大鋸屑の中から拾い上げ、くっつけようとしながら高島医院へ駆け込んだ人がいた。夜も八時を過ぎていたから、こんな時刻まで仕事をしているのかと思った。高島先生は内科専門なのだが、そんなこんなは言っておれない場合である。

ちょうど医院の前を通りかかった正太は、慌しく駆け込む人たちにつられ、何気なく明かりの点ったすぐ傍の部屋を見た。格子窓の合間から中の様子がはっきりと見える。治療を受けている人の親指が、目の前に迫って来る感じがした。付け根からすぽっとなくなっているその部分の、ちょうど真ん中だけが赤黒く丸い穴のように空いている。おそらく切断された骨の部分なのだろう。

正太は特に驚くこともなく、「へえー、ああなっているんだ…」というような気分で眺めていた。翌日だったか、「あの指は、とうとうくっつかなんだんと」などと言う話を聞いて、初めて、あの人はこれからどんな生活を送るのだろうと思ったりした。

勇は今日また、そのような事故の話でも聞いてきたのであろう、と気にも留めず、小雪の舞う中、学校の裏山の櫟林へ出かけて行った。

裏山には、そこだけ少し雰囲気の違う森があった。櫟林ではあっても、小さいながら沢山の雑木も生えていて、普通の林とは感じが異なっていた。小さな水の流れが途切れがちに続いている湿地も潜んでいる。勇と正太が森に入って行くと、足元を、といっても地上五十センチくらいのところをチョロチョロッと縫うように飛ぶものがいた。焦げ茶色の小さな鳥だということは何回目かに分かった。あまりに近くを飛ぶものだから、「バカッチョ」と名付けた。しかし馬鹿どころか、まるで二人をおちょくっているかのように、膝のすぐそば、屈んでいる顔の前を、さっと通り過ぎるのだ。ゴム銃を構える間などない。結局、その鳥にはそのまま誤魔化されっぱなしで終わってしまった。あとになってやっと、それが鷦鷯《みそさざい》だと分かった。小さな命をひらひら、ちょろちょろと躍らせながら、その鳥は元気に生きているのだった。春になればおそらく素晴らしく長大で、複雑な節回しの囀りを聞かせてくれたに違いない。たまたまその季節、二人はその森に近づかなかったので得意の歌を聴くことがなかった。

　正太が家に戻ると、予想通りの母の文句の連発だ。食事の準備が遅れていた。日は完全に暮れていた。そのときあわただしく訪ねて来たのは熊谷加奈のお母さんだ。母に何か話している。

「正太、ちょっと、こっち来なはい」

　と母の命令、

「お前、香山の郷子ちゃん、知っとるやろ？」

「うん」

「明日のお葬式、お前、行きなさい」

　思わず目を上げた。誰の？　と訊くよりも早く加奈のお母さんが言った、

「郷子ちゃんが、今日、亡うなったんよ…」

　製材所の事故とは、このことだったのか。しかし郷子さんがどうして…

「神原山のワイヤーロープ知っとんなはるやろ？　あの滑車が勝手に滑り降りて来たんよ」

　郷子さんはこの日の作業の終わり、後片付けを手伝っていたらしい。神原山からは、急な斜面を一気に、伐採した材木を下の道路際まで降ろすためのワイヤーロープが張ってある。伐採木を結わえ付ける部分には、二個の滑車の間隔をとって固定するための長さ四、五メートルの棒が取り付けられている。直径十センチほどのものである。通常は下部の着地点近くになればブレーキがかけられストップする仕組みなのだが、仕事が終わり皆の注意が逸れた間に、勝手に上部から

滑り出してしまったらしい。

うつむいて後片付けをしていた郷子さんの頭を直撃した。傍にいた人によれば、彼女は声の一つも発しなかったという。

「香山の旦那さんがね､正ちゃんと勇ちゃんに来て欲しいって。わけはそのとき話すけん言うちょんなはる」

加奈のお母さんは髪結いさんである。着物の着付けから散髪に近いことまで幅広い技術を持っている。先ほどまでかかって、警察から戻ってきた郷子さんの、頭の傷みを直し顔の化粧をしてあげたのだそうだ。あんな若い綺麗な子が、もう丁寧に丁寧に一生懸命化粧したのだと涙をこぼしながら話した。

「真面目に家の手伝いをしている、あのよく出来た子が…、可哀想で可哀想で…」

つい今まで「家の手伝いをせん」と叱られていた正太には、実に奇妙な感じだ。真面目に手伝いをしていても、なぜそのようなことになるのか。また勇と自分にどのような関係があるのか…。

「わたしも明日は行くんやから、正太もそのつもりでな」と母、

「これからお通夜ですので…」と、おばさんは帰って行った。

翌朝、雪が強くなった。屋根にも道路にも、山の斜面にも音もなく降り積もって行く。

香山家から迎えの人が来た。勇と正太はついて行った。葬儀の準備はほとんど整っているよう

だった。まだ数十人の人が動き回っていたが、受付のところには誰もいなかった。

お父さんが現れ、まるで大人を迎えるような丁寧な言葉で正太らを招き入れた。そしてお母さんに引き継いだ。正太は母親に教えられたとおり「特別なことをお前らは言う必要はない。ただ弔いの真心さえ持ってればいい」を思い出して、おとなしく頭を下げるばかりであった。

「わざわざ呼びつけて、すみませんね。あの子の部屋が二階なんです。こちらへどうぞ」

二人はお母さんについて階段を上がる。郷子さんの部屋だという六畳ほどの和室に入る。

女の人の部屋はこんな綺麗な色に溢れているのか、と正太は感心した。色彩が一杯というわけではないが、どこか明るいままに心の鎮まるような落ち着いた雰囲気なのだ。このまま長くここに居たいような気持がゆっくりと全身を包んで行く。不思議だ。

「そのままにしておりますけん、こんなありさまですけどね。実はお二人に来てもらったのは…」

とお母さんは話し始めた。

飴色をした文机の上に一冊の大学ノートがあった。それを指して、あの子がつい先日まで書いていた日記なんです、と言われる。その中に二人のことが書いてあるのだそうだ。消防団長の父から聞いた、あの地蔵淵での出来事についてらしい。

この日記を棺の中へ入れてやるべきなのか残しておくべきなのか、夕べからずっと議論してきたけれど、まだ決まらないのだそうだ。お母さんは残したいほう、お父さんは残しても未練となるだけ、一緒に持って行かせるべき、との主張らしい。

納棺のときに、どうか近くへ行ってお別れをしてやってください、とお母さんは言われる。正太も勇も葬儀の席が初めてではない。納棺の釘打も、祖父のときに経験した。ただあのときは身内の人たちばかりだった。今日は少し緊張するかも知れない。

葬儀の始まるまで時間があります、ご迷惑かもしれませんがこの部屋はだれも来ません、ここで待っていてください、と言われた。お茶とお菓子を運んで来て、ちょっと話をして、また降りて行かれた。

勇と二人、郷子さんの部屋から外を見る。雪は牡丹雪になっていた。真っ直ぐ天から降りて来る。藪椿の濃い緑の葉にも、その赤い花弁にも雪の白さが厚みを増して行く。階下の人の動きだけが僅かに流れて来る。勇も、口をきかず外を眺めるばかりだ。

昨日まで郷子さんはここで暮らしていた。この部屋は突然、その主を失った。ふと、文机の前からこちらを見ている郷子さんの姿が浮かぶ。

降雪の中、沢山の人が会葬に訪れた。正太や勇の母親らの顔も見える。二人は、脇のほうの親族の人たちの後方で、親戚と同じようにしていた。通夜の席で二人のことは話してあったのだろう、落ち着けるようにとの、みんなの気遣いが感じられた。

一時間以上続く葬儀のあれこれ、正太は半ば放心したようになっていた。時間はすぐに過ぎて行った。

お母さんに促され、手渡された小さな菊の幾本かを持って親戚の人たちの後ろから棺に近づく。郷子さんを見て驚いた。ギブスの板を渡してくれたあの日とどこが違っているのだ。閉じられた眼に長い睫毛、それが白い顔に映える。頬にうっすらと赤味が宿り、唇は淡い苺の色だ。眼をつむっているだけと何も変わらない、今にも笑いかけて来そうな郷子さんがそこにいる。

お母さんによれば、日記に、あんな恐ろしい地蔵淵に潜って、がたがた震えながら赤ちゃんを拾い上げた二人には本当に感心する、と書いてあったそうだ。体が震えていたのは恐ろしさからではなく、武者震いみたいなものだったのだが、と正太は言い訳したかった。

頭部には白い包帯がきっちりと巻かれ、周りを小さな菊の花が取り囲む。透き通るような皮膚の色だけれども、どこか奥深く血液が通っているのではないか。面長の綺麗な、優しかった郷子さんだ。棺の縁に手を置き、膝をつく。いま話しかければいい、いつもの声が返ってくる…、と錯覚しそうになる。加奈のお母さんの心を込めたお化粧のせいなのか……。

「真面目ないい子がねえ…」

「こんなに若いのに…」

「世の中の嫌なことも見ず、綺麗なままでね、郷子は幸せじゃよ…」

などという言葉が耳元で囁かれる。

正太はまた、お母さんの言葉を思い出す、

――雀の赤子を攫ってきたり、ゴム銃で小鳥たちを撃ち殺したりするあの悪戯っ子らが、必死に真っ暗な淵に潜って行ったのはどうしてなのか？　わたしは考えてみたい……

そんなことも書いてあったらしい。

郷子さんには、しっかり見られていたのだ。

――あの子たちに負けないよう、わたしも世の中のためになる人になりたい……

そう綴られていたそうだ。

あたりには、線香の匂いよりも強く檜の香りが漂っていた。


家に帰ってから、郷子さんにもらったあの檜の丸い板切れを探した。どこにも見つからない。書いてもらった『希望の歌』の歌詞はノートの間にあった。

母親にも訊かず必死に探す。やはり無い、見つからない。翌日、徹にも聞いて見た。徹のものも無くなっている、探しても無いという。

郷子さんと一緒に逝ってしまうものなのか……

あの人は消えてしまった。檜の香りを手元におきたいと願ったのに、何故か叶わなかった。

空襲の夜

滝野川の向こう岸に街灯が一つ、暗闇の中で光る。遠くなったり近くなったり、その距離感が揺れる。止むことなく点滅しているように見える。正太にはその正体が分かっていた。

電球の回りに、今夜も無数の虫たちが吸い寄せられているだろう。大型の蛾や蝉など昆虫類が絶え間なく周囲を飛び回る。そのせいで遠目には電灯が点滅しているかに見える。

「真っ直ぐ行くな、危ないぞ」

橋の袂《たもと》で、見送りに来た吉野内先生が注意した。

渡瀬橋を渡りきるまではやや右、そのあと、電灯の明かりに向かって真っ直ぐで本通りに出る。僅かに逆くの字に曲がっている道の形を意識に呼び起こす。

橋は土橋、手摺りもない。川幅は優に十メートルを超えている。足元を照らす懐中電灯のオレンジ色が弱々しい。思いがけず、ひどく心細い夜になってしまった。

「それにしても、今日も凄いのー」先生は感嘆の声をあげている。

蛍の光が、川の流れに沿って湧き上がる。

「大体の川の在りか、判りますけん…」

大小の銀粉が振り撒かれたように飛び交う蛍たち、暗闇に横たわる大木にも似た光の帯が目の前だ。

「橋の上も流れとるけんの、踏み外すなよ。なんせ、夕べもこんなもんだったのー」

帯になって連なってはいても、いくつかの塊ごとのリズムがある。ゆったりと光の呼吸を繰り返す。静かな深呼吸のようだ。

「ここで、もうええかの？」

「大丈夫です、慣れとりますけん…」

——早よ、帰ってあげてください、奥さんのこと心配です——と、正太は付け加えたかったのだが、口には出なかった。今も、半分夢を見ているような気がする。そんな正太を感じてか、ぼんやりして渡ると危ないぞ、と先生は注意したのだろう。

蛍の光の大河の中を泳ぐように橋を渡る。蛍の幾つか、顔や腕に当たる。墜落しかかりながらすぐに立直り舞い上がる。

橋を過ぎれば僅かな上り坂、本道のオレンジ色の街灯に向かう。

寝床に入っても寝付けなかった。予想していたことだ。多くのことが次々と現れる。いつまでも考え事が繋がって行く。

階下の時計が一時を打った。杜鵑（ほととぎす）までが、元庄屋の松の天辺で鳴き続ける。真っ直ぐに二階の窓に突き当たってくるような叫び……。

ことの起こりは、川越先生の命令であった。あれは命令としか思えない。担任が吉野内先生に替わり安堵していたというのに、社会科の教師として、と強調しながら命じたのである。

――伊藤さん、秋の弁論大会のために原稿を書きなさい。題は《少年不良化防止について》です。皆さん来年は卒業です。都会へ出て行く人が多いですね。だから大事なことです。夏休み明けには見せてください――、と命じたのである。

吉野内先生は承知していたのだろう、「難しい題目で困るのー」と声を掛けて来た。

勇も恵利子も加奈も、沢山の級友、徹までもがK市やY町の高校へ下宿から通うことが決まっているそうだ。正太は卒業後の進路がはっきりしていない。

本物の海も蒸気機関車も、中学二年生まで見たことがなかった。山の遠国で育った自分に、「少年不良化」とはどんなことぞ、どこの世界のことぞ、と文句を言いたかった。

「警察の巡査部長さんとこ行って、資料を借りたらええんじゃないか」

吉野内先生は同情してくれているらしい。いいことを教えてくれる。色々な出来事のせいで、巡査部長とは随分親しい間柄になった。外で出会ったりすると、「おっ、伊藤正太どの！」などと言って敬礼の真似をする。人が居るときは恥ずかしいが、誰も居ない場合はつい、にこっとしてしまう。

あまり厚くはないが教科書ほどの大きさの本を三冊、借りてきた。その一つなど、『少年不良化防止対策』とそのものずばりの題名が付いている。

「どうや、ためになるやろ？」

何日か後、吉野内先生が尋ねた。

「数字や表などが多て、手に負えんです…」、と正直に答える。

「そうか…、都会のことは分かりにくいわいのー」

先生は、考え込みながらつぶやいた。

夏休みに入ったある夕方、吉野内先生が正太の家にやって来た。向こう岸の借家の先生の家へ話を聞きに来てはどうか、との打診だった。先生の奥さん満美子さんは、終戦の翌年まで三年間ほどK市で働いていた、都会の話を聞きに来るといい、とのことである。

K市は疎開していた加賀山健治が五年生のとき帰って行った街だ。もう四年も前になる。彼の父は戦死した。あれからどう暮らしているのか。杜鵑の鳴く松の木を覚えているだろうか。涼しい板の間での〈剣道ごっこ〉を思い出すこともあるだろうか。渾名のように、「白源氏芋」は都会の暮らしでますます色白になっているのだろうか。彼がくれた〈肥後守〉は今でも重宝している。加賀山は満美子さんと入れ替わるように帰って行ったことになる。

そのK市の空襲のことを、今夜満美子さんは話してくれたのである。あの頃の正太たちの生活も普通ではなかった。

夜中の轟音にも慣れてしまうくらい、爆撃機は盆地の空を連日のように通過して行った。灯りをすべて消し、じっと息を潜める。近所のおばさんが大抵誰か来ていて母と小声で話をしている。空襲警報発令下の夜は、正太は何もすることがない。爆撃機の行き先は満美子さんの居たK市だったり、もっと北のほうのO市だったのである。

轟々と、わんわんと、盆地の夜を、お椀の中の水を震わせるように通り過ぎる爆撃機の編隊、その高度がどの程度のものなのかまったく分からなかったけれども、おそらく昼間よりもずっと低空だったに違いない。

初めのうちは、空襲警報といえば必ず防空壕に駆け込んだ。授業中であれば、お宮の森に集結し、十人ずつに分かれた班ごとに、百メートルほど離れた林の中へ向かって畑の中の道を駆け上った。林の中では、木の枝などを使って〈陣地〉を作って遊ぶほかなかった。

そんなことが連日のようになると、さすがに大人でもバカらしくなったのかそのような避難行動を繰り返さなくなった。空襲は当たり前の日常となった。

学校から帰ったあと、お菓子屋の裏の、池の端にある大きなモミジの木の中に登って、空を行く十三機編隊のB29を数えて遊んだ。盆地の上の狭い空は、蜻蛉《とんぼ》をスマートにしたような機影に埋め尽くされ、青空全体が柄物の着物のようになる。

ある明るい昼間、正太は一人で、裏の石垣を背に日向ぼっこをしながら眺めていた。北方へ向かって編隊が一しきり通り過ぎた後、小さな爆音が聞こえて来た。黒い戦闘機が一機、東の山の向こうから現れた。

「わーっ、友軍機だ、負けるな!」と心の中で叫んだ。あとで聞けば、同じような叫び声を挙げて畑の中へ飛び出した者もいたらしい。そのとたん、「カリカリカリ」とトタン板を引っかくような乾いた音が響いた。驚いて見上げる傍を、それは巨大な動物のように唸りを挙げて通過した。ずいぶんと低空だった。外人の顔が見えた。半分笑っているように思えた。背筋が縮こまった。

急上昇して行く翼を、正太はしっかりと見据えた。先端が直線に切れている。「グラマンだ!」と思った。

その日のうちに、裏山の遥か上方、幸次ヶ森の山頂にある〈監視哨〉が銃撃されたと聞いた。誰も怪我はない、ますます意気盛んに敵機の監視に当たっている、銃後の国民も少国民も、みんな頑張るように、と触れて回るおじさんがいた。

何ヶ月か前、勇らと数人で幸次ヶ森の監視哨へ遊びに行ったことがある。三人の青年兵がいて、その一部を見せてくれた。

その山頂からは三百六十度、遠くまで眺め渡すことが出来る。お椀を伏せたように作られた茅葺き屋根の下に、小さな家なら一軒入ってしまいそうな深い穴が掘ってあった。穴の側壁に取り付けられた梯子を降りて行く。穴は湯飲み茶碗のような形なので垂直の壁だ。緊張しながら底に降り立つ。まるで巨大な「芋壷」ではないか。

その中で耳を澄ませると、奇妙な音が聞こえた。正太らには判断しかねるようなものばかりである。

「ごーっというようなのは、風に吹かれる松の木の音。ゴトッとかガタッと響くのは、建物にいる仲間がいま昼飯の準備をしているところ……」などと、親切な説明をしてもらった。

穴の中でじっと耳を澄まし、敵機が近づいてくるのをいち早く発見するのが任務なのだそうだ。その音から敵機の種類や数まで判断しなければならないという。

建物の一室には、沢山の飛行機の模型がぶら下がったり並べられたりしていた。敵機から友軍機まで、飛行機というものがこんなに色々で様々だということを初めて知った。その中の一つに「グラマン」もあったのである。翼の先端の切れ具合が特徴であると教えてもらった。

建物の裏手には、どこまで続くのかと思われるほど奥深い防空壕が掘られていた。正太らが見せてもらったのは入り口の一部だそうだ。

巨大な湯飲みの上に被せられた茅葺き屋根は、どこかユーモラスで長閑な感じに見える。とても戦争のために使われているものとは思えない素朴さがあった。青年兵たちも普通の兵隊さんや警察官のようにしゃちこばったり威張ったりしない。優しくて親切だった。

その頃の少国民の奉仕作業の一つに、〈茅の穂摘み〉があった。兵隊さんの飛行服や浮き袋などに使われるのだそうだ。

図画工作用の小さな鋏を持って山の茅原に行き、先端の穂の部分だけを「チョッキン・チョッキン・チョッキンナー」と切り取る。幾ら袋に詰め込んでも、重いという感じにはならない。国民学校尋常科の児童たちにふさわしい「銃後の戦い」である。

その頃、学校から家に帰ると、正太には重さとの戦いが続いていた。非農家であるために食べ物が手に入らない。少しでも足しになるようにと農家から借りていた山の畑で薩摩芋を作っていた。それを背負って家まで運ばなければならない。体力の限界に近いところまで背負うものだから、一キロメートルほど離れた家にたどり着くのに死ぬような思いをする。

ある日の午後、母と畑仕事をしていた。突然、辺りが薄暗くなり雷雲が頭の上にのしかかって来た。避難する間もなく稲光と雷鳴と共に豪雨が来た。近くに立っている四、五本の桐の木の下に雨宿りした。初めの数分だけは雨滴から逃れられたが、すぐに頭から首筋、胸やお尻まで雨水が伝わり流れて行くありさまとなった。

農作業の暑さで苦しんでいたときだったせいか、むしろ爽快な気分だった。一時の休息ではあったのだが、あとで思えば落雷の危険性にさらされていたことになる。雷鳴と稲光の激しさに、何回も眼を閉じ屈み込んだ。

その日の夕暮れ、母と一緒に薩摩芋を背負って裏道を帰っていた。四年生だった正太は肩や足の辺りが痛くて耐え切れなくなり、石垣の一つに荷をかけて休みたい、と言い出そうと思った。そのときである、母の方が倒れてしまったのだ。尻餅をつくように道の真ん中で後にひっくり返った。崖下に転がり落ちそうになった。

正太は駆け寄って「かあちゃん、かあちゃん!」と叫んだ。目を閉じたまま何の反応もない。

正太は走った。百メートルも下れば高島医院である。農業組合倉庫の横の石ころ道を走った。隠れん坊などでいつも通っている道だ。石の出っ張りなどはすっかり覚えている。その上を飛ぶように足を運びながら思った。こんな時に石の在りかの記憶が役に立つものなのかと。

高島医院の玄関引き戸を開けた。受付の小窓の前の土間に入った。伸び上がるようにして窓に向かって叫んだ。

「こんちわー！　こんちわー！」

誰も出て来ない。日曜日でもないのに今日は患者が誰も居ない日なのだろうか。正太は一段と声を張り上げる。百メートルとはいえ全速力で走った。喉が干からびて苦しい。

「おー、どなたかのー？」と奥のほうから声がした。小窓の向こうに、ぬっと高島先生が現れた。手拭いで顔を拭きながらこちらを見ている。正太は一瞬、真っ裸かと思った。正太からは上半身しか見えない。まさか全裸ではないだろうから、多分越中褌《ふんどし》くらいはつけているのだろう。

「よーよー、えーと、正太君じゃないか、伊藤正太…」

母がその上の坂道で倒れてしまったこと、声をかけても返事をしない、早く来てください、と大急ぎで伝える。

高島先生は返事をしなかった。そのかわり姿が消えてから受付横のガラス戸をガラッと開けて出てくるまでが早かった。ちゃんと白衣も着ている。全速力で走る正太の後を遅れることもなく先生は付いいて来た。

母は、倒れた場所で尻餅をついたままの姿勢だった。ただ背負子を外しそれにもたれかかるようにして、近所のおばさんから水を飲ませてもらっていた。

高島先生は、母の目玉を覗いてみたり口を開けさせたりした。手足を動かしてみるように指示する。めまいがしたか、吐き気はなかったか、などと二、三質問をしている。

「正太君、大丈夫や、多分貧血やろ。栄養失調やな。こりゃ芋かの？　しっかり食べて頑張りゃすぐ元気になるけんの」

母に言うのではなく正太に説明している。

母は、ふらふらしながらもそのまま背負子を背負って家まで帰ってきた。夕方になっても、ごろんと畳の上に寝そべったままだった。正太は竈《くど》に火を入れ、薩摩芋をふかした。漬物と芋との夕飯が出来た。


母が他所の家の手伝いに出かけて一日家を留守にしていた日のこと、夕方正太が学校から帰ってみると母はひどく立腹している。ひとりのおじさんに向かって強い口調で何かしゃべっている。数人の人たちが留守中に家の中の畳を全部揚げて、床下の土を掘り取って行ったらしい。何故前もってそれを言ってくれなかったのか、というのが母の言い分である。

床下の土を大体五センチほどの深さで剥ぎ取って、それを煮詰めれば爆弾か何かの原料になるらしい。順番に各家の床下の土が掘り返されていた。学校に据えつけられた一メートル以上もある大きな鍋で、松の木を燃やして集めた土を煮詰める。その作業は国民学校の生徒たちの仕事だった。何時間も煮れば、橙色の上澄み液が泡と一緒に出来上がる。床下の泥がどんな仕組みで敵をやっつける爆弾になるのか、正太らにはさっぱり分からない。

断りも予告もなく家の中を自由にされたのが、母はひどく侮辱されたような気がしたらしい。「天皇陛下」とか「お国のために」という言葉が議論の中で何度も出て来た。


四年生の夏休み、皆で泳いでいた次郎淵からお腹をすかして家に帰って来た。大人たちの表情がいつもと違っていた。戦争が終わったのだという。それも「無条件降伏」なのだそうだ。これからどうなるのか、誰にも分からないことのようだった。

あまりの暑さのせいなのか、蝉の声まで元気がない。大人たちにもこれからのことが分からないのだから、正太らの将来がどうなるのか想像もつかない。ぼんやりとした空気の漂う真昼の時間が過ぎて行った。

そんな日でも兎の餌は採りに行かなければならない。

嫁菜《よめな》や芹《せり》などは、とうの昔に無くなっている。人間の餌になってしまったのだ。三葉などはもちろん、羊蹄《ぎしぎし》もほとんど見つからない。クジュウナと呼ばれる臭木《くさぎ》や虎杖《いたどり》などは春のうちから食べられる部分はちょん切られてしまう。刺草《いらくさ》のような触りたくもないようなもの、茅などの食べようもないものさえ少ない。牛の飼葉にされるからだ。井手の縁や急斜面などに少し残っているだけである。

緑に覆われた田舎でもこれほど食べるものがなくなっているのに、都会の人たちは一体何を食べているのだろう、と思う。勇らは来年の四月からそんな所へ行って暮らすというのだから、正太には理解できないばかりか、どこか不安にさえなってくる。

都会で増えているという不良少年たちについて、都会のことなど知りもしない自分に分かるはずもない。吉野内先生はそのことを十分に承知していたのだろう。

喜んで先生の家にお邪魔した。しかし満美子さんの話は驚きなどというものを通り越していた。想像も出来ないものだった。それらが正太の頭の中に流れ込んで来た。

秋の弁論大会までには何としても原稿を仕上げなければならない。練習の時間も要るではないか。正太はあせる。けれども今夜聞いた満美子さんの話が、目の前に立ち塞がってしまう。その扉を開けて向こう側に出て行かなければ、一歩も前へ進めないことが分かっていた。足掻いている自分が、薄明るくなりかけた寝床の上に見える。

杜鵑《ほととぎす》はうるさく鳴き続ける。もうそこまで夜明けが近づいている。


満美子さんは、K市でよく見かけたという、親を無くしたり、どこからともなくやってきて駅のガード下などで寝起きする子供たちの話をしてくれた。

戦争が終わってからの一年間ほどの、K市のことだけしか知らないけれど、と言いながら、正太の全然知らない都会の子供たち少年たちのことを話してくれた。

ただ正太は、小さな子供たちを含めそんなに大勢の者が、何故浮浪者のような生活をしなければならなくなったのか、簡単には理解できなかった。大変なことが一度に何故起こったのか、尋ねた。

「それは空襲のせいなのよ」と、満美子さんは答えた。


満美子は国民学校の高等科を卒業後、K市の逓信省電信講習所に入った。そこを出て電信手として働く。戦争のさなか、緊急最優先の「特別官報」が連日飛び交っていた。昭和二十年六月、夜勤の帰りに空襲に遭う。

彼女は母方の伯父さんの家に下宿して電信局に通っていた。小さな峠を越え、職場まで徒歩で一時間余りもかかる。夜勤の日はK市内の、これも親戚のTさん宅に泊めてもらうのが通例だった。母の妹の嫁入り先であったが、その人は二年前に急逝し、後入りさんがその家に入っていた。だから今では特に親戚の間柄ではないのだけれども、その叔父さん叔母さんは親切だった。以前と変わらず彼女を大事にしてくれた。

その夜、いつものとおり午後九時半頃、新川のほとりのT叔父さん宅に着く。警戒警報が発令されていた。最近は毎晩のことだから特に気にすることではない。

灯りの消えている玄関を開けた。

「ただいまー、満美子です」

返事がなかった。誰も居ないようだ。玄関の土間に紐を十字にかけられた大きな柳行李《やなぎこうり》が三つ置かれていた。

「満美子でーす、叔父さーん、叔母さーん」

やはり家の中は鎮まり返っている。ここ数日、近辺の街が次々と空襲に遭っている。叔父さんたちも疎開するのかも知れない。荷物だけでも避難させるのだろうか。

裏庭の防空壕かも知れないと思って回って見る。T叔父さんは名の通った指物大工だ。だから防空壕も立派だ。土間と畳の間があって、壁は漆喰で固められ、天井板まで全面に張ってある、居心地のいい、近所でも有名な上等の物だ。

懐中電灯で照らす。誰も居ない。奥の隅っこにあったはずの小さな卓袱台も無くなっている。この様子ではやはり叔父さんたちは疎開するつもりなのだろう。今夜はその最中のようだ。

防空壕から地上に戻ったとき、空襲警報のサイレンが鳴り始めた。今夜は特別大きく聞こえる。息づくように唸りをあげて鳴り渡る。風向きのせいなのだろうか、通りの隅々、家々の軒先の隅っこまで隈なく浸透して行く。

どうすればいいだろう、と途方にくれかけた時、叔父さん叔母さんが帰って来た。空のリヤカーを曳いている。

「や、満美ちゃん、もんたか。今晩はK市も危ないぞ」と叔父さん、

「悪いけど、今晩はここに泊まらんほうが……」と叔母さん、あの防空壕の中でいい、と言おうとしたとき、

「防空壕も安全とは言えんけんの」

「あんたは、他所の子じゃけん、早よ逃げてや」

サイレンは叫び続ける。

「懐中電灯は持っとるやろの、電池は持ちそうなかや?」

少し無理してでも、今夜のうちに峠を越え伯父さんちまで帰ったほうがいい、と心配してくれる。わたしらもそのほうが安心だ、と叔母さん。二人がこれから避難する親類も、そう遠くはない市街地だから安全だとは言えない、悪いけど、今夜はそうして、と懇願された。もちろん迷惑は掛けられない。

そのとき、「敵機襲来!」と叫ぶ声が聞こえた。爆音が近づいてくる。大きくなる。

「うち、そうします。峠のほうへ行きます、ありがとうございました」

「防空頭巾は、持っとるの?」、荷物をリヤカーに載せながら、叔母さんが訊く。

「ドスーン…」、お腹に響く音が伝わって来た。南の空が赤く染まっている。バリバリバリという聞いたこともない音が流れて来る。

やがて飛行機の爆音が空一面を埋め尽くしてしまった。花火に似た明るい光の塊が、さらさらさらと降りかかるように落ちて来る。

「焼夷弾や。満美ちゃん、走って逃げるんや、山のほうへな、街中は危ない」

その声をうしろに、満美子は走り出した。

いきなり、眩いくらいに周囲が橙色に明るくなるときがある。その頻度がだんだん多くなる。プシュッと音がしたかと思うと、道の真ん中に無数の、テニスボールくらいの火の玉が飛び散って転がって行く。

コールタールの焦げたような匂いがそこらじゅうに広がっていた。プシュッとかバシッという音があちこちから響く。見上げると、大きな熊手を広げたような火の束が無数に広がっていた。とっくに懐中電灯などはいらない。昼間に近いほどに明るい。ただその色合いが異なる。茶色っぽいオレンジ色の霞の中に入っているようなものだ。

熱い風が後から追っかけて来た。それは、とてつもなく大きなものに掴みかかられた感じだった。初めて恐怖心を覚えた。熊手の火の束に覆い被されている。直撃弾に当たるのか……。

道路のやや右に曲がったあたり、暗渠が見える。右手の堀の水を道路向こう側の小川に導くためのものだ。いつも少量の涼しい水が流れている。

あの中がいい、あそこに逃れようと思った。道路の端から下の水路に飛び降りた。暗渠に近づいて驚いた。一メートル四角ほどの暗い空間の両側に、腰を屈め首を縮めすでに何人かが隠れているではないか。

「もう満員じゃよ」とか「一人くらいはいけるやろ」「お互いさまや」などという声が聞こえた。

満美子は、「すみません」と言いながら体を小さくして中に入ろうとした。出口近くの人が少し譲ろうと動いたのだろう、奥のほうから大声がした、

「おー、押すな！　向こう側へ落ちてしまうが…」

暗渠の向こうは道路北側の小川の上である。暗渠の中は満員なのだ。

「そう言うな、か弱い娘さんやぞ」と入口の人が言った。そのとき奥のほうから「ワーン」という泣き声があがった。小さい赤ちゃんのようだ。

「すみません、向こうへ行きます」

言い残すと、道路に沿って溝の中を小走りに移動した。石段のあるところから道路に出た。背中の辺り、顔や頭巾の中が熱を帯びて来るのが分かる。火が周囲全体に回ってしまったのだ。逃げる方角がこれでいいのだろうか、と一瞬考えた。といっても峠を目指すほかどうしようもない。しっかりしないとここで焼け死んでしまう。

どのくらい走っただろう。火の玉の熊手の頻度が少なくなったように感じられた。かえってそれが、突然にいきなり、近くにバサッと落ちてきたときの驚きを大きくする。

田んぼの見えるところまでやって来た。近くなった山の緑が奇妙な橙色だ。初めて見る光景だと思う。田んぼの中に、プシュプシュッという音をたてて熊手の端っこが飛び込んでくる。早く山に駆け込みたい。近道と見える田んぼの畦道に駆け上がる。

大きな一枚の田んぼのところで、大勢の子供たちに出会った。数十人が畦道に沿って避難して

いた。みんな白いロープで繋がれていた。というよりもその紐に全員がすがっていたというのが正しい。

満美子には即座に理解できた。近くのあの盲聾学校の生徒たちなのだ。

目の見えない子、耳の聞こえない子と交互に並んでいるのだろう。何か大声をあげているのは、ところどころに入っている数人の先生たちだ。

急いでいるようではあるのだが、田んぼの中に転げ込まないように注意しながらだから、そろりそろりとしか進まない。直角に曲がっている畦道のところが難しい。生徒たちは無言でもたもたしている。全員が速度を合わせるのが難しいのだ。満美子は立ち止まってしまった。

時折、火の玉がプシュップシュッと田んぼの中に突き刺さる。田んぼに足を突っ込む子がいる。その度、前後の数人の子が引きずられて揺れる。満美子は思わず田んぼの角へ走って行った。

一人ずつ、ロープを手繰るようにして順に左側へ送って行く。先生の一人が「ありがとうございます」と礼を行って通り過ぎる。

目の見えない子のほとんどは、何故か上空を仰いだ姿勢で移動する。瞼の裏にあの橙色が映っているのだろうか。耳の聞こえない子なのだろう、「うーうー」と小声でつぶやいている。全員が通り過ぎるまで手伝おうと決める。

こんな子に、何の害も及ぼさない非戦闘員の上に、無差別に爆弾をばら撒いている連中は何とも思わないのだろうか。どんな顔をしてやっているのか、いきなり腹が立ってきた。それはもう鬼のような行為ではないか。これは米英の「鬼畜」の仕業なのだ。

最後の一人が通り過ぎた。ロープの最後に白い木切れのようなものがぶら下がっていた。何気なく持ち上げて見た。思わず息が詰まりそうになった。人間の腕だった。肩から先だけがぶら下がり、その指はしっかりとロープを握り締めていた。

最後の子が「あー、あー」とか「うー、うー」と訴えるように田んぼの向こうを指差している。その先の方を見る。

女の先生がよろめきながらこちらに向かっていた。左手で右の肩のあたりを押さえている。今にも倒れそうになりながら行列を追っていた。

満美子は思わず駆け寄ろうとした。そのときだった、目の前に何かが弾けた。自動車が通ったあとのような匂いが鼻をついた。いきなり真っ黒な闇が満美子を襲った。

意識を取り戻したとき、夜が明けていた。目前の、田んぼと畦道の境に焼夷弾らしいものが二本、突き刺さっていた。油の焦げた匂いがしていた。

体のあちこちを調べる。怪我はしていないと思う。しかし油脂のようなものが全身にこびり付いている。その匂いのようでもあり、付近の焼け跡から漂ってくるもののようでもあり、嫌な匂いがいつまでも消えない。

初めは明るい笑顔で、正太が正視するにはまぶしいくらいに思えた満美子さんの顔も、今はほとんど両手で覆ったままだった。白い指の間から涙の粒が何度も零れ落ちた。

この話は吉野内先生にも話されてなかったことらしい。先生がときどき、すっかり話したほうがいい、というようなことを言われる。正太は、随分罪深いこと悪いことを要求したのではないのかと気になった。息をつめてじっと堪えていなければならないような、逃れようのない苦しさを覚えた。


翌日、満美子さんは昼近くにはなっていたのだが電信局へ出勤した。街中はほとんど焼失していた。道を歩いていると顔の辺りが焼け跡の熱で痛いほどだった。防空頭巾で覆うようにしながら歩いたのだそうだ。

何よりも忘れられないのは、あの暗渠の中から、真っ赤に膨らんだ、まるで豚の子を丸裸にしたような人たちが次々と引き出され、道路の上に並べられているところに出くわしたことだった。いつまでも瞼から離れない、何度も夢に出てきた光景だという。

こんな空襲の結果が、帰る家が無くなったり、親も焼け死んだりした沢山の孤児を作り出したのだ、と満美子さんは説明する。不良化などという次元の話ではないと思うけど、とも言った。あれからちょうど五年ほど経ったから、今どうなっているかはよく分からないとも言った。

満美子さんの話を思い出している正太の頭は冴え渡るばかり、とても弁論大会の原稿などというものではない。不良化防止について一体何を書けばいいのか、正太はすっかりお手上げであった。分からないこと、知らないこと、想像できないことが多過ぎる。

K市に下宿して高校へ通うという勇は、その住所まで書いて手渡してくれた。先輩たちが毎年次々とその家に下宿しているのである。

正太は、卒業後どう進路をとるのかまったく決まっていない。終戦の翌年復員して来た父は登記所の下級事務員、母は和裁などで稼いでいるが何故か進学の話は一切出ない。勉強をして特に成りたいというものもない正太だから、慌てる気分が生まれているわけでもない。友達と学校でスポーツをしたり遊んだりするのは大好きだが、勉強は好きなほうではない。がつがつと競争ばかり、仲間のことを気にするだけのような成績の評価が面白くない。むしろ「いやらしい」という感じさえする。

成り行き任せの夏休みが過ぎて行く。鰻を突きに行く気が起こらないのも、勇がすっかり都会づいてしまっているからか。

戦争は終わった。しかし正太は、いまも別の戦争のようなものが続いているような気がしてならない。天から爆弾が降ってくるようなどうしようもないものではないけれども、正太自身どうしたらいいのか、何を考えて何をすればいいのか、それでいて追っかけられてでもいるかのような、落ち着かない日々が続く。

ゆきかたふめい

二学期が始まった。原稿は何とか出来上がった。

提出して数日経ってから、川越先生は「まずまずの出来栄えです。このまま使います。ご苦労さんでした」と言われた。しかし原稿は手元にも戻らなければ、先生からの音沙汰もない。

巡査部長から借りた冊子の、主に少年非行の部分を中心に、自分でも数字ばかりが並んでいると思った。心がこもっているとはお世辞にも言えない。弁士としてどこまで熱心になれるのか、それが問題だと思う。ときどきそのことを思い出しては、心の中であれこれと繰り返し考えた。

秋の弁論大会が近づいた。原稿のことを川越先生に尋ねに行くべきかと思っていたある日、「伊籐さんの原稿の弁士は二年生のSさんですからね」と先生に告げられた。正太は驚いた。原稿を書いた者がしゃべるのではなかったのか、弁士として発表することになっていたのではなかったのか、全く面食らった。

弁論大会というものが、そのような仕組みだったなどとは、正太は全然知らなかった。思っても見なかった自分が、何故か恥ずかしかった。弁士として選ばれたのではなかったのだ。単なる原稿書き屋だったのか。それならばそう言ってほしかった。書きようもあろうというもの。知らない自分が悪いのだろうけれど今更のように驚きあきれるほかない。

これを世間知らずというのだろう、知らないこと分からないことが多過ぎる。学校の勉強ではその辺が一つも分からない。一体誰が教えてくれるというのだろう。もうすぐ卒業なのだ。言いようのない暗雲が遠くを見れば見るほど、胸の中に広がって行く。

弁論大会の日がやって来た。講堂に全校生徒が集まった。弁士の熱演が始まる。

Sの番がやって来た。

——最近の、少年の不良化が、問題となっています。特に、都市部においては、戦災による、様々な弊害が、原因の一つとして、挙げられております……

Sの声は大きい。元気なものだ。正太は思った、自分よりもずっと上手そうだ。まるで自分で書いたもののように確信を持ってしゃべっている。二年生でありながら立派なものだ。ただ、書き手の正太のところへ何の挨拶もなかったのが気掛かりではある。

——窃盗や万引きなど、軽微な少年犯罪は、年を追って、増加の一途を、たどっております……

正太は自分が壇上でしゃべるものとばかり思っていたので、そのほとんどを暗記しているほどだった。Sの弁論は滔々《とうとう》と流れるようだ。しかも力強く進む。うまいものだ、と幾分陶酔するような気分に陥りかけていたときである。「わっ」と声を挙げそうなことが起こった。

――多くの、問題点の中でも、現在、最も注目されているものの一つ、それは、少年たちの、「ゆきかたふめい」の数の多さであります……

「行方不明」が出てくる度に、「ゆきかたふめい」とSは声を張り上げる。

――ゆきかたふめいは、昭和二十三年度だけを見ましても……ゆきかたふめいの原因として……両親がありながら、ゆきかたふめいとなる者も少なからず……ゆきかたふめいしゃについての今後の対策は……

正太は、下を向いてしまった。頭の上を「ゆきかたふめい」が大声で通り過ぎる。自分の責任ではないけれども、まともに見ていられない。まだあと何回も出てくるぞ。……それ来た、と正太には拷問のようなものだ。自分がそんな気分で居ること自体無用のものと分かってはいても、首筋から顔の辺りにかけて、かっかっと熱くなってしまう。

あと二回だ、と思うあたりでやっと気分も落ち着いた。左手に並んでいる先生たちの表情を盗み見た。どの先生も平然としている。「ゆきかたふめい」でも正しい読み方なのだろうか。国語の時間、吉野内先生がそんな読み方をした記憶はない。やはり「ゆきかたふめい」は正しくないのではないか。

盛大な拍手でSの演説は終わった。

驚くことに成績発表で、Sは二位に入ったのだ。一位は三年生女子、あの高島恵利子の「これからの進路を目指して」だった。高校、大学と進学して、しっかりと社会のために働ける人になりたい、というような内容であった。まったく模範生の弁論だ。

一方正太は、Sが力説してくれたように、まさに「ゆきかたふめい」だった。自分の行く末のことが分からない。弁論大会の仕組みさえ知らなかった。世の中のことがよく分かっていない。満美子さんが話してくれた都会の生活など驚くことばかり。鬼畜米英だったアメリカやイギリスの全てが、今じゃ日本人の憧れそのもののようになっている。野球選手への入れ込みようはどうだ。野球などまともに出来ない狭い運動場しかないこんな田舎でも、「赤バット」「青バット」「ベイブ・ルース」と騒ぎ回っている。

山の斜面に、黄色や赤い葉っぱの木々が目立つようになった。吹く風が冷たい。向こうにあるのは冬景色だろう。

中学校を卒業するというのに、世の中のことを何も知らない。肝心のことを教えてくれる人が何処にもいない。「ゆきかたふめい」のまま卒業なのだろうか。

秋茜

土間の片隅で蟋蟀《こおろぎ》が鳴いている。リ、リ、リ、と力の抜けた、か細い声が転がっている。十一月の晴れ渡った日だというのに土間の三和土《たたき》は暗い。秋祭り、母親は今日もいない。「奥山組の○○家に手伝い」と玄関の黒板に書いてある。徹の中学生時代と同じである。

Y町の下宿先から、祭りを楽しみに帰省した相馬徹に、待っていたのは卓袱台の上の蝿帳に伏せられた蒸かし饅頭二つだった。大阪の兄は、ここ何年も帰って来たことがない。

上がり框《かまち》に腰掛け、薄緑色の饅頭を口にする。あまり新しいものではないのだろう少し硬めだ。その味とは別のところで、何かを思い出させるような感覚が染み出してくる。鼻腔の奥から胸の辺りに広がって行く。

途切れがちな蟋蟀の声に重なっているのは、遠くの囃子の音、笛と太鼓の交じり合った八つ鹿踊りの囃子が流れてくる。

徹は饅頭を頬張ったまま家の前に出た。青空がまばゆい。庭の石垣の先端に行き向こう岸の家並みを眺める。

囃子が止んだ。渡瀬橋に行列が現れた。八つ鹿の踊り手たちを先頭に、大勢の村人たちが連なって行く。向山奈保子の家に向かっているに違いない。数日前に届いた奈保子からの葉書の文面を思い起こす。

——来年、T市へ行って働きます。秋祭りには数年ぶりにうちの庭に「八つ鹿踊り」がやって来ます。出来たら見に来てください——。

三月の中学卒業以来、級友たちの消息は比較的頻繁に送られて来た。徹も各地に散らばった友達に十数通の葉書を出した。それぞれにみな新しくなった生活の説明が多い。どれも共通してそっけない。手紙や葉書など書き慣れていないせいだ。自分が書いていて徹はそう感じる。めったにやって来ない奈保子からのものは徹にとって一番嬉しい。あの左腕の骨折事故のことが今なお記憶に新鮮だからか。

農地改革以来少なくなった田畑とはいえ、向山家はまだ山林など多くの財産を所有しているはずだ。その家に秋祭りの八つ鹿踊りが何年間もやって来なかったのは、肺結核を患っている長兄のせいであろう、と徹にも推測できる。その長兄が亡くなったとは聞いていないのに、今年、八つ鹿が来るのは何故だろう、この疑問もその日のうちに明らかになった。

松や梅の木の植わった向山家の本庭の西側、そこに建つ木小屋の前に筵《むしろ》が十数枚敷き並べられている。その上で鹿は踊り始めていた。

小さいころ母に連れられてやって来たことのある庭だった。しかしその記憶も定かでない。今日はまた多くの村人や世話役などで溢れている。いつもの有様とは随分違った感じであろう。奈保子は家の中なのだろうか。

徹は、見物客の最後列に立っていた。ほとんどが既知の顔ぶればかりだけれども、何故か伊藤正太ら同級生の顔がない。午後も遅い時刻の踊りだからか。

牡鹿の短冊を失敬しようとして、ばちで「こぽん!」とやられたのは、ついこの間のような気がする。頭の芯にまで染み透った痛さが甦る。思わず頭の天辺を撫でていた。

――まわれまわれ　水ぐるま　おそくまわりて堰に止まーるな　堰に止まーるな…

――鹿の子が　生まれて落ちれば　われらも見まいか　踊り出るがし　踊り出るがし…

――なんぼたずねても　居らばこそ　ひともとすすきの　あいに居るもの　あいに居るもの…

――国からも　お急ぎ戻れと　文が来た　おいとま申して　いざ帰ろうや　いざ帰ろうや…

今では徹にも、おぼろげながら意味の幾らかが分かる。明るい青空が広がっているのに、どこか侘びしいのは、秋風が忍び寄って来ているためか、はたまた囃子の哀調を帯びた響きのせいか。

――とんとこ、とんとこ、とんとこ、とん、…

徹の正面は母屋である。回り廊下のガラス戸の内側に、障子が白く連なっている。その一枚が僅かにずらされ、白く細面の人の顔が見える。間違いなく奈保子の長兄であろう。八つ鹿踊りを見ている。

――とんとこ、とんとこ、とんとこ、とん、…

――ぴーひょろ、ぴーひょろ、ぴーひょろ、ろ、…

八つ鹿たちは、右に左に回転しながら、屈みこんでは跳ね上がり、円陣を揺らめかせては回り込む。一頭の牝鹿を真ん中に、背中の短冊に覆われた竹笹飾りを打ち震わせ、二頭の牡鹿が競り合っている。

――こんここ、こんここ、こんここ、こん、…

徹はふと、Y町の下宿の二階の窓から、夕陽の落ちていくH湾を見ていた日を思い出す。夕暮れの自分の姿が脳裏に浮かび上がる。古里を離れて数ヶ月というのに、あの時すでに異邦人のような孤愁の思いが忍び込んでいた。

ふと、徹の左脇を柔らかく小突いた者がいる。振り返ると奈保子が立っていた。微かに笑みを浮かべ目配せする。ついて来て、との信号のようである。

奈保子はぐんぐん歩いて行く。その正面は相徳寺だ。村人の誰かに見られないかと気になる。八つ鹿踊りに集まっているせいだろうか誰にも遇わない。相徳寺は高島恵利子の家だ。K市から帰っているかも知れない。

奈保子の濃いグレイのスラックスが風を切っている。長い髪が揺れる。右手に重そうな紫色の風呂敷包み、それを提げたまま歩みは速い。

相徳寺の前を通り過ぎた。寺池の土手も越えた。大きな椎の木ばかりが生い茂る林の中に入る。奈保子はそこでやっと歩みを緩めた。

「どしたんや？　奈保ちゃん」追いつきざま徹は尋ねる。

「ごめん。あんまり人に見られとうないもん…」、笑みを浮べながら「この奥の狼神さんの祠、知っとる？」

その顔が上気している。

「昔行ったことあるけど…あんな淋しいとこ行くんか？」

「淋しいけん、いいんよ…」

なるほど、これは〈逢引き〉なんだ。人里離れた所がいいに決まっている。あの葉書はそのような意味があったのか。治まりかけていた心臓の鼓動がまたリズムを崩した。

「家のほうは、いいんか？　手伝いなんか…」

「いいんよ丁度、近所の人が大勢来て、今日は特別なんよ」

椎の林の中に続く急坂を、今度はゆっくりと登って行く。後ろのほうで、百舌鳥の甲高い叫びが「ケケケケ、キッキキッ」と冷やかしている。


狼神さんの祠は、大きな黒い岩の上にある。岩ではあっても林から突き出た小山のように崖をなしている。しかもその一部は大きな裂け目を孕んでいて、三十センチほどの垂直の亀裂を岩の根っこの方まで伸ばしている。今にもパカンと裂けて谷底に倒れ落ちそうな、そんな様相に見えるのだ。この辺りは昔の記憶とほとんど変わりがない。人が三人も潜り込めば一杯になってしまいそうな小さな祠も、昔のままに小さく鎮まっている。

　奈保子は祠の前で軽く両手を合わせ拝礼した。左手に廻り、やや段差のある平たい岩の上に腰掛けた。

「徹ちゃん、ここ」と自分の右側を指定する。まるで下見でもしたかのように場慣れしている。すぐ目の前は徹でも怖気づく深い谷だ。向こう側は杉の植林地の急斜面が立ち上がっている。岩の先端に近く軽々と腰掛けている奈保子に徹は堪らず尋ねた、

「危ない場所やのう。ここ、再々来るんか？」

「この奥ね、うちの山やもん。昔は父ちゃんや兄ちゃんと、よう来た」

　そうだったのか。もともと奈保子の領分なのだ。淋しい周りの雰囲気にも、たちまち安心の気流が漂ってきた。

「ニーニーニー」と鳴いているのは山雀なのだろう。谷の向こうでは「デポーポーデデポーポーデ」と山鳩の声もしている。

「今日は、デートなんや…」徹は、照れ隠し半分に言ってみる。

「うん、それも最後の、かも知れん…」

　奈保子の笑顔に、微かな翳が差した。

「最初で最後なんか…？」徹は茶化すほかない。

「値打ちあると思わん？」奈保子は真剣な表情だ。徹はその横顔を見つめる。

「最後言うたらね、うちの兄ちゃん今年の八つ鹿踊り、最後かも知れんの…」

長かった肺結核の療養も、もう来年までは持たないのではと言われている。医者の勧めもあって、近所の人たちが今年は八つ鹿踊りを間近で見せてあげてはどうかと進言したそうだ。何年間も部屋の中で、遠くから聞こえてくる踊りの囃子ばかりを聴いてきた奈保子の兄への最後の餞《はなむけ》の八つ鹿踊りらしい。

障子の向こうの人はやはり奈保子の兄だったのだ。今から餞というのもすっきりとは気持の収まらない思いがする。これが大人の世界なのだろうか。奈保子はもう覚悟が出来ているというのか。

「そんなに兄さん、悪いんか？」

「本人も、そう望んでるみたい…」

視線は、谷底の遠くに泳いでいる。

「もう十何年もやから…、それにうちの家、もうお終いみたい…」

徹は何と言えばいいのか分からない。

農地改革以来の農地の減少に加え、商品取引の失敗とか何とか、尋常でないだろうという噂話は、中学時代から徹の耳にも入っている。

「徹ちゃん、今日はデート・ピクニックにしたけんね。ご馳走食べよう」

奈保子は話題を替えてしまった。手に提げていた風呂敷包みを開けながら、

「下宿や高校はどうなん？　面白いん？」と訊く。

どうなんだろう、自分でも考えてみたことがない。まだ半年あまり、特別に友達も出来ていなければ、面白いという科目もない。ただ下宿のおばさんが手馴れているというか、徹にとっては親切、何よりも三度の食事が確実に提供される、これは今までの生活と比べれば革命的なことだ、母がどれほどの下宿代を支払っているのか気にかかるが――徹はそんな答をした。

「いいおばさんで、よかったね」

その言葉に深い意味が含まれていることなど、徹に分かるはずもない。

「沢山食べて…うちも食べるけん」

落ちぶれたとはいえ、大きな農家だった奈保子のうちの弁当である。巻き寿司を中心に玉子焼き、蒲鉾、お煮しめ等々、徹などしばらく拝んだこともないご馳走が漆塗りの重箱に並んでいた。

奈保子は湿らせた小さなタオルのような手拭きまで用意していた。

「消毒の匂い、せんか知らん…」と気にしている。奈保子の家ならば当然だろう。昔からおっとりとはしているが、優しい奈保子だ、と思う。

左腕骨折の治療から退院して来たとき、お見舞いに行くのを正太の母から止められ、その意味を熊谷加奈に教えられた日のことを思い出す。ＢＣＧ接種で化膿していた左腕がむずがゆい。

「これで、〈最後の晩餐〉かも知れん…」と奈保子。

徹はその意味が分からない。

「最後の何…？」

家にレオナルド・ダ・ビンチの画集があって、その中に載っている絵の話をしてくれた。そうか、死にに行く前の食事の話か。兄さんのことが関係しているのだろうから、思い詰めたことを言っても仕方ないだろう。しかし徹の思いとは違って、込められた意味は奈保子自身のことであった。

弁当が終われば、徹は奈保子の左腕の傷跡を見せてもらうつもりだった。ついでに自分の左腕のＢＣＧの傷跡も奈保子に見てもらいたい。おそらく同じ場所に違いない。

その時ふと、足元に小さな枯葉のような薄黄色いものが転がって来た。

「あれ」奈保子が声を挙げる。

二人の足元の丁度合間に落ちた。赤蜻蛉ではないか。秋茜というやつ。

「秋茜よ」と奈保子も知っている。薄赤い胴体に透き通った羽、セロハンの一片のようなその一頭は、すでに命を失くしている。吹かれる僅かな風にも、た易く裏返しになってしまう。死骸だ。

〈もう死んどる〉と口に出そうになった。徹はその言葉を飲み込む。奈保子も同じかも知れない、と思ったとき、

「死んでる…」と彼女は言った、「もう十一月だもんね…」

驚いたことに、次々と同じような死骸が吹き寄せられるようにやって来るのだ。あたりを見回してみる。谷の空間に無数の秋茜が飛翔しているではないか。一定の高度に水平に広がり、風の

漣が金粉を浮べ、たゆたっているかのようだ。秋の日差しを反射しながら風の中を浮遊している。

こんなに死骸が五頭、六頭と吹き寄せられて来るのは、やはりおかしいのではないか。

「多いね、どしたんだろ…」と徹、「この岩の上で集団で暖まっていたんやろか…」

「朝晩急に冷え込んだもんね…」と奈保子、「それに蜻蛉のお医者さんていないし…」

徹は思う。肺結核は何故、医者も治せないのか。アメリカあたりでは特別の薬も生まれているというのに。

「人間だけやろか、お医者さんいるの…」

徹の頭脳は回転を加速しなければならない。

「獣医さんは、牛や豚のお医者さんやろ」

「そうやった。うちの太郎が死んだとき、もっと早う診せとったらよかった言うて、母ちゃん泣いとった…」

奈保子の父を引きずって町中を走り抜けた、灰色のあの太郎だ。

「家畜やペットは診てもらえるけんど…そこらの野良のもんに医者はおらんけんの」

日頃考えたこともないことに頭を突っ込んでいる、と徹は思う。

「お医者さんがいなかったら、うちの左腕どうなったんやろね。あんときは徹ちゃん、ありがと」

奈保子はまたお礼を言ってくれた。

「お医者さんが居ないと、病気になった人間はみな死ぬんやろか…」

次々と難しい質問をするものだ。

徹の弟は五歳で亡くなってしまった。来年は学校だと喜んでいたのに、あのときの医者は「子供には胃潰瘍はない」と言って見過ごしてしまったのだ。母は今でも悔しがっている。

「兄ちゃんも、蜻蛉なんかと同じ生き物と思えば、普通なんかも知れん…」

徹にはまた意味が不明だ。怪訝な顔をしていると、

「生き物、いつかは死ぬるんやし、お医者さんに修理してもろて長生きする人間のほうが理屈ではおかしいもんね」

そうか、奈保子は自分を納得させようとしているのだ。

「人間だけは別やと、みんな当たり前みたいに思うとるけんね。そこらの動物とは違う思うとるとこが、悩みの根源や…」

思わず意外なことを口走っている自分に徹は驚く。これは〈哲学者〉の言うことではないか。しかし間違ってはいないぞ。

奈保子が徹の顔を見つめていた。瞳の奥に光るものがある。徹も思わず見つめ返していた。

「あの時の傷…これ」奈保子は左腕を捲し上げて見せる。

傷跡は、「一」の字を筆太に書いたように五センチほどの長さに光っていた。徹は無言でそれを見る。鉄棒の砂場のあの日の、白く突き出た上腕部の骨が眼に浮かぶ。

奈保子の左腕は徹から見て反対側だ。無理な姿勢だった。二人の動きがちぐはぐになった。体

を捻っている奈保子が徹の前で回転しそうだ。

「うわっ」と徹は息を呑んだ。すぐそこが岩の切れ落ちている深い谷ではないか。力ずくで奈保子を引き寄せた。長い髪が流れ、奈保子の顔が徹の目の前にあった。

大きく一息吸ったかに見えた奈保子は、

「好きにして…」

と言った。

徹は狼狽した。頭脳の回転がもたついている、蹴つまずきながら軋んでいる。だが両腕の力は緩まなかった。

解放しないまま奈保子の重さと温かさを全身に受けとめていた。

五月、Y町の海の見える蜜柑山の斜面、蜜柑の花の満開の中で奈保子の手紙を読んだ。

――兄が亡くなりました。二月の寒い朝でした。四月からT市で働いています。小母さんは親切ですが、徹ちゃんの下宿ほどではないと思います。最後のピクニック、ありがとう。きっとずっと忘れません――。

短い文面だった。何故か住所の記載がなかった。あの日を最後に奈保子は遠くへ行ってしまった。

蜜柑の花の甘くてきつい香りが満ちている。

八角時計

母の小言には慣れている。叱責にも耐性が出来ている。伊藤正太にとって、毎朝太陽が昇り、夜が明けて小鳥たちが歌い始めるほどのことである。父などは長年、しっかりと馴染んでいるのであろう、母の小言や追及が始まると薄笑いさえ浮べている。それを楽しんでいるように見えるときさえある。決して愉快な場面ではないはずなのに、そんな奇妙な日が毎日のように続く。

一週間ほど前、正太は大野主事に「一学期限りで、退学をお願いします」と申し出た。母にも父にも相談はしなかった。ある日突然、自分でも不思議なくらいにいきなり決心した。だから誰に相談することもなく申し出た。

大野主事は、数日前母のところへ来られたようだ。その日から母の追及が始まった。まず辞めたい理由である。次いで通学の重要性を説いた。正太は理由を答えなかった。正しくは答えられなかった。自分でもはっきり把握しているわけではないからだ。通学の重要性があるのかどうかも、正太自身が考えている最中である。辞めたい、先ず辞めることだ、という結論だけがどんどん先を走っている。

夏休みまで一週間ほどが残っている。夏休みの終わったあと自分は何をして過ごすのか、それも決めてはいない。辞めることの魅力のようなものに憑かれている。どこか甘味で物悲しさのようなものが漂っている。その雰囲気に、母の甲高いキーキー声は馴染まない。

放課後、滝野川に沿っての帰途、三郷の辻から支流の中瀬川の谷へ入った。十年ほど前、亡くなった親類の千恵ちゃんのお参りに来た谷だ。国民学校初等科一年生四十人ほど、康子先生に連れられ、粉雪の舞う寒い日だった。

白い石灰岩の多い、見晴らしのいい台地の上の畑の先端に来た。白く平たい岩の上に腰を下ろす。向こう岸の杉山や雑木林、遠く霞んでいる御在所山を見ていると、気分が落ち着く。油蝉やみんみん蝉の声が流れてくる。心の奥の気持のいい部分にゆっくりと沈み込んで行く。岩上の一部に日陰を作っている栴檀の幹からも油蝉の声が降ってくる。

辞めたくなった、辞めるべきだと思った理由について考えてみた。

「君のことだから、思い付きではないのだろうな」と言われた大野主事の言葉を反芻する。

正太は今年三月、電気通信省職員訓練所を受験した。母や中学校の先生の奨めるまま、特別の意識も積極性もなく受けた。大川秀雄も一緒だった。この村では高等学校へ進学する学費などの調達が困難な生徒たちを、入所と同時に給料の出る、この訓練所を受けさせる決まりのようなものがあった。

Ｎ町やＵ市のような遠隔地にしか高校のないこの山奥からの通学は不可能で、下宿代の捻出が難しい家庭が多いのである。

中学校の卒業写真には、正太と秀雄の顔がない。一〇〇人ほどの卒業生の中に二人だけが抜けている。撮影日がＵ市での受験日だった。

訓練所の試験は、二人とも一次試験で不合格だった。

母親の渡してくれた、頭のすっきりするという白い粉の頓服も一〇分前に飲んだ。気分がそわそわと落ち着かなかった記憶が今でも鮮明だが、何よりも合格するはずがない、と思った、あの答案用紙を開いたときの印象が強烈に甦る。

社会科の問題だった。日本地図が出ていた。そこにある網の目のようなものは全国の主要な国営鉄道の路線だった。それぞれその名前を候補の中から選んで記入せよ、という問題であった。

正太も秀雄も、国鉄の列車に乗ったのは、半年ほど前のＫ市への修学旅行が初めてだった。蒸気機関車を見たのももちろんその時が初めてだ。秀雄など、三時間ほどの汽車ですっかり乗り物酔いを起こしてしまった。Ｋ駅から五百メートルほど離れた宿舎のお寺まで、両側から先生に抱えられて、ふらふらしながら路面電車の線路の上を近道してやって来た。

そんな二人に、全国の国営鉄道の路線名など分かるはずもない。第一、修学旅行で乗った路線名さえ知らなかった。名前がついていることなど考えても見なかった。それを知らなくても乗車は出来る、汽車も立派に走ってくれる。

しかし二人は、合格するはずもない問題に真剣に取り組んだ。田舎の生徒は真面目が取り柄なのだ、と考えたりはしなかったが、当然のこととして時間いっぱいを頑張った。

見事な不合格であったのだろう。それもまた素直に受け容れた。

そのあとの進路は単純だ。二人揃ってN高校滝野分校に入学。本校は普通科中心だが、分校は農業高校のようなものである。四年前に設立されたばかり、それでも生徒数は百名を超えている。学級数は四つ、一年生から四年生まで一つずつではある。学年ごとに二十数人だから気分は家庭的だ。職員は大野主事のほか一名、計二名というのには正太も驚いた。教科の多くを本校からの派遣教師でまかなわれるのである。毎日、まるで旅役者のように先生がやって来る。

しかも分校は定時制である。月、火、水と週三日だけの通学、あとは休みだった。休みの日は家の手伝いをせよ、という仕組みになっている。

秀雄は農家の長男だからいいものの、正太は勤め人の子だ。田畑も何もない。戦時中に借りていた畑も、復員者や疎開組の家族が定着したせいか、ほとんどを返さなければならなかった。手伝うべき農作業も家業もない。新聞配達も、とっくに人に譲っている。

長年の、弟や妹たちの子守からも解放されている。末っ子の妹も四歳、近所の子やすぐ下の妹たちと遊んでいる。正太にとって、週のうち四日間は何をしていろというのか。農家の連中が毎日忙しそうに働いている中で、正太には指示する者さえいない。

白い岩の、梅檀の下の木陰に谷間から吹き上げる風がやってくる。足元の叢に、「スィーッ、スィーッ」と小声で鳴いている虫の声がする。

理由の一つは、はっきりしているように思える。

本校から派遣されてくる国語のＪ教師は、毎回同じことの繰り返しである。授業などといえるものではない、と正太は思う。教科書の中身に入らないのだ。

「君たちは、たとえ分校の生徒とは言え、なにも卑下することはありません。誇りをもって通学してください……」

と、毎回繰り返すのである。「国語」などは週に二時間ほどしかないのだから、「またか」と思っている間に過ぎ去ってしまう。どのような内容であれ、規定の時間が終わればそれでいいのだ。生徒たちはおとなしく純情、と言っていいのだろう、誰も不満をもらす者もいない。ただ秀雄だけは困っているらしい。父親から、農業のことは体で覚えることだから俺が教えてやる。ただ、しっかりした手紙を書けるくらいの力をつけて来い、そのために学校へ行かせているのだ、と言われているらしい。

農家でもない正太にとっては、「土肥」と呼んでいる「土壌と肥料」、「家畜」「穀物と野菜」「農業経営」などの教科は何の意味もない。農家の秀雄でさえ、余りためになるとは思えん、と言っている。

正太には、J先生の言う「卑下」という言葉の意味が理解しにくい。大体の感じは分かるようにも思えるが、日頃あまり意識したことのない言葉だ。例えば、全国の国鉄路線の地図を見たとき、「あちゃー」と思った。「こりゃ、どがいすりゃ（どうするか）」と直感したときのあの慌てた気分の中に潜んでいるようなもの、あれが「卑下」というものの仕業なのであろうか。

ここしばらく、J先生の言葉が耳につき始めた。自分は教室で何をしているのか、時間の無駄ではないのか、とふと考える。家で昼寝でもしていたほうが体にいいに決まっている。

授業を受ける意味がない。これが第一点であろう。

正太には入学以来、もっとも困っていることが一つある。最初はそれほどでもなかったのだが、同級生たちから教科書代を集め、先生のところへ持って行く作業だ。

どういう訳か、教科書の定価は「四十円二十三銭」などと、みな細かな端数になっている。定価どおりに小銭を持って来てくれる者など皆無だ。一冊だけならまだしも、一人一人の組み合わせが異なる。金額を合計して払ってくれる気の効いた者もいない。その計算もこちらの仕事だ。算盤が手放せない。小銭が足りなくなる。お釣りを払ってない者、金額を記録しなければならない。手伝ってくれる級友はいるが、多くの者は側で、やたらわめいてばかりいる。

「そんなに、いらうな（触るな）や」「もうええけん、わやくちゃに（むちゃくちゃに）するなや」とおらんだ（叫んだ）ことも少なくない。

何よりもどうしようもないのは、十分間の休憩時間に処理をしなければならないことだ。昼休みや始業時間前とか放課後などには済ませられない。みんながそんなことにその時間を使ったりはしない。

　国語の時間の最中だった。例によってJ先生は人生訓のような話をしておられた。最後列で正太は、教科書代の小銭を整理していた。休憩時間に終わらないのはいつものことだ。J先生が言った、

「伊藤君、お金が大分儲かっていますな、その割に笑顔がありませんな…」

　級友たちは、一斉にどっと笑った。笑えないのは正太だけだ。いや苦笑いのような奇妙なものは浮かんでいたに違いない。何故か恥ずかしい思いがした。これが「卑下」という感情なのだろう、と一瞬思った。級友たちの世話をするのは中学時代から嫌いではなかった。それにみんな何らかの負担をし助け合っていた。だから疑問に思ったこともなかったのだが、この日から、俺は何のためにここに座っているのか、と考え始めたのだ。こんな日々を送っていてこの先どうなるのだ？　この疑問だけは、はっきりと自分の目の前にぶら下がって来た。

　放課後、すぐに下校する生徒も少なくなかったが、半数近くの者はクラブ活動の卓球やバレーボール、柔道、手芸その他、正太の知らないような活動で一、二時間を過ごしていた。上級生は皆親切だった。学校生活そのものが嫌いになったわけではない。しかし、このままでいいのか、という疑問は、早く辞めるべきだという結論に変身していた。それは掌を返すように、ある日突然にやって来た。気持がすっきりした一瞬だった。

理由はこの二つくらいだろうか。集金の問題はいつまでも続くわけではないから、いずれは解決するだろう。J先生の授業も、聞き流していれば済むことではある。とすれば辞めるべき理由としては弱い。しかし「辞めるべきだ」という声は心の中で気持よく響いている。ただしっかりした理由の説明が出来ない以上、誰に言ったところで無理だろう。だから正太は独断で大野主事に申し出た。

「あれ、正ちゃんじゃないか、どがいしたんかな？　こんな暑いとこで。てんからぼし（日から干し）になるわい…」

耳元でいきなり声がした。振り向くと、千恵ちゃんのお母さんの顔があった。相変わらず日に焼けて皺の多い、農家の人の顔だ。やはり兎を思わせる顔立ちである。

しょっちゅうと言っていいほど度々、正太の家に寄って母と世間話をしている、親戚の浜崎のおばあさん「トモエばあちゃん」だ。

「畑仕事してたらな、通りかかった人がな、梅檀の木のにき（側）に、見慣れん子がちょごまっちょる（座っとる）が、言うんでの…」

ばあちゃんは、すぐ近くだから家へ寄ってお茶でも飲んで帰んなはい、と奨める。退学申し出のことは、もう母から伝わっているに違いない。正太がはっきりした返事をしないので、トモエばあちゃんは言った、

「千恵子に、お線香の一つでもあげてやんなはいや…」

ばあちゃんは痛いところを突いてくる。十年ほど前に康子先生に連れられて拝みに来て以来、親戚でありながら一度も訪ねたことがない。あのときの兎顔の千恵ちゃんは今でも鮮明だ。ずっとどこか後ろめたさを覚えながら過ごしてきたところがある。

すぐ近くとトモエばあちゃんは言ったけれど、畑の中の斜面の道をかなり上のほうまで辿らなければならなかった。喉が渇いてしょうがないなあ、と思い始めた頃、あの藁屋根の大きな家が見えてきた。

家の中は、ひんやりとして涼しかった。土間の中は一瞬真っ暗に見えた。

「みんな、ひーとい（一日）、空の畑に出かけちょる、誰もおらんけんど…」

と言いながら地下足袋を脱いで、奥の方へ入って行った。

すぐに座敷の奥から、

「遠慮のう、そこから上がんなはいや、冷ましたお茶がいいかの、井戸の水がいいかのう？」

「どっちでも、かまん（いい）です」と答える。

「何にも、ええもんがのうて、悪いけんど…」

と言いながら、ばあちゃんは小皿の上に、胡瓜《きゅうり》の切ったものを載せて、湯飲みと一緒に持ってきた。

正太は仏壇を見つめていた。国民学校初等科一年生のときの記憶を呼び覚まそうとした。千恵ちゃんの顔はしっかり思い浮かぶのに、この家の部屋の様子はほとんど記憶にない。ただ、仏壇の横の柱に架かっている八角形の時計だけは、よく覚えている。今も「コッチン、コッチン、コッチン」と静かな音を立て、振り子を動かしている。

千恵ちゃんの写真は、一年生の入学式の日のものと同じだと思った。

線香をあげ、手を合わせる。今年の冬の日の、製材所の郷子さんの葬儀を思い出した。線香の匂いが胸の中に何かを突っ込んでくる。しばらく目を瞑ったままでいた。

——千恵子も、生きとったら正ちゃんのようになっとるんやけんね……

うちの母との会話で、トモエばあちゃんがこぼす言葉だ。正太の家では、畳の上にぺたんと置物のように、物静かな姿勢で座っている。

「学校、辞めたいんやそうやのう？」

ばあちゃんは、いきなり正面から切り込んできた。

「うん…」、正太は素直にうなずく。

「嫌なことでも、あったんかな？」

特別にそんなものはない。だが、こんな日々でいいのかという思いがある。それをうまく伝えることは難しい。

一瞬、J先生の顔と机の上に散らばる小銭が目に浮かぶ。

「非農家の正ちゃんに、農業高校というのはどうかのう。めんめに（各自）家の事情は違うしのう…」

胡瓜の漬物とお茶ではいかんの、と言いながらばあちゃんは裏口から外へ出て行った。

正太は立ち上がって、鴨居の上に並んでいる古びた写真を眺める。

男性が四人、女性三人。一番左の一枚は同級生だった千恵ちゃんだ。兎顔のあのおかっぱだ。一番右の男性は、見ている正太の心中を見透かしているような、威厳というものだろうか、気圧されるような感じがする。

薄暗い部屋の、真っ黒な天井に近いところの写真、その辺りも目が慣れて来たのかよく見えるようになった。威厳のあるおじさんは、額の左に切り傷のような跡がある。写真の汚れではないようだ。大きくてはっきりしている。見つめていると、どこか優しさのある表情ではないか、とも思えてきた。

待たしてしもたな…、とばあちゃんが戻ってきた。流し台で水を使っていたかと思うと、

「冷えてないけどな、裏の木に残っとったわい」

大きな皿の上に一杯の枇杷の実を載せている。あの間に木に登って採って来たのだろうか。

「ばあちゃん、あんまり気にせんといてや…」と、振り向きながら言う。

「その写真は初めてやったかのう？　千恵子は知っとらいの」

と言いながら、写真に写っている人の紹介をしてくれた。

「今年の枇杷は甘いけんの、早よ食べなはいや」

と自分も口に運ぶ。

食べながらの説明が、途切れながら続く。ばあちゃんは、言葉を選びながら話しているように思える。

一番古い右のものは、この家のお祖父さん。ばあちゃんがお嫁に来たときは、だいぶ弱っておられた。七十八歳で亡うなられた。若い頃、沖ノ島へ三年半、島流しになっていた「罪人」だった。この中瀬川村では四人が流刑になった。百姓一揆の首謀者だそうだ。四人とも浜崎一族の者という。

その騒動のことは吉野内先生から聞いたことがある。明治の初め、凶作と年貢の取立ての厳しさから、この近郷で七千人余りが集結して暴動を起した。あの一揆のことに違いない。島流しになった人たちには気の毒だが、百姓たちには無駄なことではなかった、と聞いている。

「お上にたてついたもんやけんな、戦争の最中など、おくびにも出せなんだ」

お墓もあるにはあるが、大きなものは作らなかった。お祖父さんもそう言い残したのだそうだ。人の先頭に立って責任を取らされても、苦にはならんかったそうだ。

「何よりもつらかったのは、二人の息子が自分よりも先に死んでしもうたことやと、言うとんなはった…」

人の世話が出来るのは有難いこと、というのがお祖父さんの考えらしかった。

ばあちゃんは、教科書代集金のことを知ってのことなのだろうか。それにしても十一銭とか十二銭とか言っていることと、島流しになるような世話役とでは、違いが大き過ぎる。

「若い頃は、男の子やったら、ちょんまい（小さい）ことなんか言わんで、おうどなこと（大胆なこと）するんが当たり前やけんの」

ばあちゃんは、皮肉っているのか励ましているのか……。

八角時計が、意外と大きな音で「ブヤヤーン・ブヤヤーン……」と五時を打った。まだ十分に外は明るい。日差しも障子の桟に当たっている。裏の山から蜩の声が流れ込んでいる。庭の木の辺りでは、頬白も囀っている。

「学校にでも親にでも、何か頼みたいことないかい？」

ばあちゃんは味方になってくれるのだ。しかし正太は情けなくなった。自分自身、わけすが（訳が）分からないのだ。人に言えるだけの理由を持ち合わせていない。先程まで岩の上で考えていた。ただ辞めることを決めているだけである。正太は、心の内で呟いた、

——一〇分間のあの休憩時間、同級生たちが好き勝手につばえている（ふざけている）横で、俺は、よもしれんこと（つまらぬこと）と格闘している。教科書の購入などというものは入学の時に終わってしまうものと思っていたのが間違いだった。少しずつ次々と教科ごとにやってくることになっている。家計への負担を軽くする意味合いがあるらしい。J先生も、考えてみれば許しがたい。要するに、このままでは駄目なのだ。——

ばあちゃんは七人の子供のうち、一番上の男の子と末っ子の千恵ちゃんを先立たせていた。鴨居のところに架かっている写真は、黙って二人を見下ろしている。

カリ・ガンダキの風

このような高みで、思考力が正常に働いているのかどうか、そのことを考えていた。カラン・クルンと天空から降ってくる、いや天空へ上昇し拡散していく声を聞きながら、決断のときが迫っているのを感じる。昨日も同じように、魂が抜けてしまったかのように見上げていた。今日もその続きをやっている。

ヤムキン・コーラから吹き上げる風は、乾いた秋の気配を含み、強靭な意志を秘めているかの如く激しい。コーラの底の層雲が、積雲に生まれ変わろうとしている。不定形の塊となって湧き立つ。

河野遼一の言った「逃避ではないのか…」が、ずっとひっかかっていた。自らの胸のうちのものと同じだったからである。

数日前、二十五キロほど奥のムクチナートの村（三七六〇メートル）まで四日かけて往復した。そして三日前にマルファ（二六七〇メートル）を発ち、トゥクチェを経てヤムキンの谷から登って来た。標高四四〇〇メートル、ここはヤク・カルカのキャンプ地である。四〇〇〇メートルまでは急登の連続だった。競り上がって来る周囲の氷雪の山々、その壮大な眺めだけが励みだった。ガイドのチリン・グルン、そして新たに加わってもらったポーター、ソミ・ジャビャンとの三人でやって来た。

三嶺（一八九三・四メートル）は、高知、徳島の県境に位置する。高知県側南麓のM村で、岩早芳郎と妻美也子が縁側と庭先にそれぞれ位置を占め、小さな口論をやっていた。

「自分の名前を理由に使うとは、けしからん奴っちゃ、ほんまに」

「だからあたしゃ、あんとき言っちゅうでしょう、〈美鈴〉のほうが、なんぼかいいちゅうて」

三嶺は、徳島県側からは一般に「みうね」と呼びなされ、高知県側からは「さんれい」と呼ばれる。若いときからたびたびこの山に登り、美也子と知り合ったのもその山行が縁だった芳郎は、長女が生まれたとき「三嶺」と書いて「みれい」と読ませる命名をした。

「〈美鈴〉では、みすずとしか呼ばれんのは目に見えちょるこっちゃろが、何十年も同じこつ言わすな」

「可哀想にあの子は、小学校の間じゅう、ひらがなで〈みれい〉ちゅうて書きよったでしょうが。〈美鈴〉がなんぼか、女らしいちゅうのに、ほんまにほんまに…」

「女の子はの、お嫁に行ってもちゃんと、その子じゃと判別できる名前の方がいいんじゃ、そこらへんに犬のクソみたいに転がっとる名前なんかより、なんぼ便利なこつか」

「いまになって、仕返しされちょるちゅうこつでっしゃろ、身から出た錆でっせ」

「三つの山嶺に囲まれたここが、わたしの落ちつくところかも知れません——ほんまになんちゅう言いぐさだ、こじつけもいいとこじゃ」

芳郎は、先ほどから縁側に広げた新聞を、めくったり閉じたり、同じ動作を繰り返している。遠近両用の眼鏡をかけてはいるが、紙面の上に視線が落ちていない。

「なんと言いましたかいの、その三つの山…」

コスモスの薄緑の一叢が、今にも倒れかかりそうになっている部分に、美也子は細引きを巻きつけている。

「あんな、ややこしいんが覚えとれるか、あほらし…」

「そうそうその、アンナなんとかいうんでしたろ。そこらに葉書置いてありましょうが、おとうさん、ちょっと取って見なはれや」

芳郎は尻の支点をそのままに、座敷の奥に体と腕を延ばして見るが、とどかない。腰をあげる。

「あーあ、のよっこらしょいとじゃ」

「おとうさんも、めっきり掛け声が多うなりましたな」

葉書を持ちかえると一段と大声で「あーらよっこらしょーいと!」、芳郎は元の位置にどすんと尻を落し、眼鏡の縁に手を添える。

「えーとのう。アンナブルナ、ダウラギリ、ニルギリ、何ぞこれ、さっぱり分からんが…」

「ブルナじゃのうて、プルナでしょうが。ちょっとは聞いたこつないですか」

美也子は腰を伸ばし、向かいの山の斜面に目をやる。ほんの少し紅葉が始まっている。

「ギリ、ギリいうて、どういう意味ぞ」

「お父さんが知らんちゅうて、なさけないですな」

美也子は、少々酷かとも思ったが、この前のお盆に、弟二人をつかまえて、あんたら男やから後の事はしっかり頼むよ、と三嶺が真剣な声で話していたのを聞いてしまった、と告げた。

「やっぱし、あのことがもとかいのう…」

神妙な声である。

「あのことって、どの分ですかいの？　なんぼでもありますけんの」

美也子は軽やかに言う。


三嶺が中学校の教諭になって五年が過ぎたころである。

ある日、校長室からお呼びがかかった。今度はまた何のお叱りであろうと、三嶺はいつもの期待を持ってドアを開ける。

「岩早先生、阿弥陀池に大勢生徒を連れて行ったそうですね」

そら来た。三嶺はもちろん素直に認める。

「水利組合長さんから抗議がありましてね…」

断りもなく、コンクリート化されてない不安定な土手に大勢人を入れては困る、との抗議らしい。〈出歩〉のときは、それこそ何十人もが土手の上で草刈りをしているのに、やはり大人たちと子供じゃ違うということか…。

「その上、土手のコンクリート化はいかん、と生徒たちに言ったそうじゃないですか」

生物の生息数が減るだろうとは言ったが、まあ言い訳する必要もないだろう。

「折角、やっとですよ、県の耕地課から、老朽溜め池という名目でコンクリート化の補助金が出るばかりになっちょるいうじゃないですか、まずいですよ」

さらにまだあります、と校長先生は続ける。U字溝工法は一番いけないといったそうですが、溝の補修管理をやったこともない若い女先生に、勝手な発言をさせるとは何事だと、R建設の社長からの注文です。R建設は、授業に参加していたKの家である。彼のことも意識して、十分注意しての説明だったつもりであるが…、

「Rさん宅でゆうべ、ひと悶着あったそうです。K君が怪我しているの、気付きませんでしたか?」

そういえば廊下ですれ違ったとき顔を隠すようにしていた。左目あたりを腫らしていたかもしれない。あとでK君の友人から聞いたところでは、U字溝工法は沢山の生き物たちの命を失わせるから、もっと近自然工法を取りいれるべきだとのK君の主張に、そんな青臭い理屈で、この厳しい競争の社会に生き延びていけるか、十人足らずの従業員でもその家族を含めて生活がかかっ

ているんだ、ゼネコンの巨大な自然破壊こそ問題にしろ、と大喧嘩になったという。K君はわたしの話を真面目に受け取っていたのだ。かすかな安堵の思いと一緒に、用心しながらの教師の発言が、たちまち予想外の波紋を呼んでしまう、その「環境」の特異性が不安を覚えさせる。土建屋の跡取りとして彼は優しすぎる。

「まだあります。雑草の生えるがままがいいようなことを言ったそうですね。このような農家の多いところで不謹慎な発言です。そうでなくても高齢化や兼業化でみんな苦労して農業や林業、やってるんですから…」

そのような表現をした覚えはない。里山管理の重要性や農山村の実態について、いわれるまでもなく知っているつもりである。三嶺は言い訳する気にもなれない。校長だってそのあたりのことは少しは承知のはずだ。

「お金落とさず、ゴミばかり残して帰る都会の連中と教師とが同じでは困る、などともいっています」

三嶺は、自分がそうだとは思わないから、これもあえて反論はしない。ただ、週末や休日になると都市住民が自家用車でやってきて、農産物直売所などで買い物をして帰ることもあり、それで一部、現金収入を得る人もいる。しかし観光客の大部分はゴミを持ち帰らない。たった一個の弁当ガラを処理するのに、人口数十万の都市と数千人の農山村とでは、一人当たりの負荷率がどれほど違うか、考えてもみないのであろう。財政的に貧しい小村にゴミ処理の公費を負担させ、自分達の塒へ帰って行く。町内から一切のゴミ箱、ゴミ籠を撤去してはどうだろう、と授業でしゃべったら、これまたすぐに叱られた。そうでなくても、道路沿いの山林や田畑に車から放り込まれる空き缶やゴミに泣かされているのに、岩早先生の目玉は一体どこについとるんぞ……。

「とにかく、あまり必要以上に、野外に出ないでください。また内容にも十分気をつけてください。ユニークな授業を目指すことはないのですから、いつも言ってますけれど…」

すみません、校長先生。いつものことだから三嶺は謝り方のエキスパートである。ちょっとした表情の翳りに、若さと明るさの笑顔をかき混ぜ、微妙に按配して贈らなければならない。校長先生には悪いとは思いながら。こちらとて、トラブルを好んでやっているわけではない。


ある日の職員会議でのことである。その他の議事の中で、校長は言いにくそうに切り出した。

「これは議題というよりも、要望のようなものですが……といってもここで取り上げて決められた以上、それなりの効力はなければならんのですけれども…」

校長の回りくどい言い方を要約すれば、岩早三嶺先生は一部の生徒に受けがいいことを真に受けて、かなり特異な授業を行い過ぎる。もっと他の職員と「和」をもって歩調を乱さないように自重してほしい、との注文が校長宛てに出ている。名前を明かせばお互い気まずいだろうから言えないが、複数の人たちからだということは言っておきます、その人たちは長い間遠慮して我慢していた、というのである。

三嶺は同僚のそんな視線を意識したことがなかった。それだけ自分が鈍感であったのか、あるいは無風地帯に追いやられていたのかもしれないけれども、堂々と口頭で発表しても差し支えないことではないか、とも思う。正当な根拠を示されるものならば、進んで知りたいところだ。日頃から保護者や生徒たちからの騒動の震源地として校長に負担をかけている自分としては、多少の批判や非難は、公正な会議の中でなら甘んじて受ける。だからそれぞれの意見として忌憚なく具体的に提起して欲しい――そのような趣旨のことをごく控え目に三嶺は意見として出した。全員の沈黙が続く。誰も何も言わない。空気は気まずく沈み込む。まるで三嶺が喧嘩でも売ったかのようになってしまった。校長はなんの助け舟も出さない。

はっきりいえることが一つだけ残った。今の自分のやり方、存在が、同僚達の迷惑になっているという事実、しかもあえて三嶺の立場を擁護してやろうという人物にも恵まれていない、それがはしなくもはっきりしてしまった。一番悲しむべきことではないか。

さすがの三嶺も、その日から活気がなくなった。大学時代、生物クラブで登った石鎚山系筒上山のアルバムをぼんやり眺めてみたり、地球儀をくるりんくるりんと回して見たりひっくり返してみたり、無為の時間が増えた。頭の中が水っぽく重たい。

夏休みの終わりの数日、学校でやっておけばいいことも少なくはなかったけれども、三嶺は実家の裏山に登ってみたり、この頃とみに侘びしく廃れた感じのするお宮の境内をぶらぶら歩いたりして過ごした。

このあたりでは、真昼でも日が翳れば、檜の林からヒグラシが鳴き始める。幼少の頃の、水面に浮かんでどこかへ流されていくような、捕らえようのない不安と悲哀の感情がよみがえる。

あるときは、おにぎりを作り、冷たいお茶を携えて、標高差千メートル近くの尾根まで登って行った。山仕事に通う人もほとんどいないのだろう、子供でも鼻歌交じりでたどれていた山道が、今では日当たりのいい場所ではすっかり藪ってしまっていた。一人で通過するには苦労する場所が多くなった。間もなくこれらの道は消えてなくなるのだろう。ふるさとの山々も、人々とのつながりが失われて行く。

尾根の見晴らしのいい場所に出れば、北東の方角ごく近くに三嶺（さんれい）、さらに右手はるか向こうに剣山、どちらも柔らかく丸い深緑の姿を見せてくれる。

自分はやはり、生まれも育ちも土佐の山猿ではないか。人を相手とする生業にはふさわしくないのかも知れない。お百姓のお嫁さんにでもなるか。それとて日本の現状を見れば食べて行けそうにもない。現に父にしたって、父祖からの田畑を仕方なく守っているだけの日曜農家。通勤に車で一時間近くかかるにしても勤め先があるだけ恵まれているというものだ。経済の国際化のもたらすもの、その平準化で地域の自然や風土はどうなる。地球全体をノッペラボーにでもしかねない勢いでお金の大王が暴れまわっている、などと三嶺はあれこれランダムに想いを遊ばせる。

突然、尾根道をガサガサガサと誰かが駆けて来る。いやだな、こんなところで人に遭うなんて、と思った瞬間、その主はすでに眼前十メートルほどのところに立ち止まり、真っ黒な瞳を見開いていた。小さな小さな、それでもすらっとした脚の日本鹿の子供だ。三嶺は思わず、

「バンビ!」

などと口走っていた。

見つめ合っていたのは数秒だったろう、仔鹿はさっと身を翻し、踊るように体を前後に揺すりながら、もと来た方へ引き返してしまった。もっと話、してたかったのに……。

その日の夕飯時、両親に仔鹿の話をしていた。

「三嶺、お前、見合いをしてみるつもりはないか」

いきなり父芳郎が言った。相手は河野の遼ちゃん、知っちょろが、と来た。知るもなにも小中高と同級生ではないか。父の勤務先、電子部品工場で製品管理をやっているという、社員でも優遇されているエリートだ。三嶺も年に一度くらいはどこかで出会ったりしている。

「相手が遼ちゃんで、なんで見合いになるん?」

十一月の休みの日に、遼ちゃんが両親をつれて西瀬戸自動車道、通称しまなみ街道の橋を見に行く。それに同行すればいいというのである。ははあ、これは向こうの両親の、わたしの品定めか。一日中そんなのに付き合うのは気が重い。三嶺は気乗りしない。両親は来島大橋を歩いて観光するらしいから、その間お前たち二人で自由にしていい、などと我が両親は随分と乗り気だ。父が職場で、かなり先走って話を進めている気配である。

「遼ちゃんは嫌いか？」

率直な問いだ。

「好きなほうやろな」

素直に答えておいて考えた。サラリーマンの妻か…。年齢二十八歳、そろそろバーゲンセールにかかる頃だ。遼ちゃんは長男、弟と妹が一人ずつ居たはず。姑との関係、老後の問題、自分の生き甲斐、現在の閉塞感——三嶺の頭は忙しく回転する。

「つまりは、姑さんとの見合いじゃないの…」

「ま、そういう面もあるが、山歩きの好きなさっぱりした人ちゅうこっちゃ」

こちらの弱点をちゃんと突いて来る。


秋晴れの早朝、四人の乗った車がM村を出発した。今治市での一泊つきである。高知自動車道、松山自動車道をたどる。

昼食が遅かったため、遼一の両親が来島大橋の往復八キロを歩くのだと出発して行ったのは午後三時を過ぎていた。往路の夕景と橋のライトアップを楽しみにしているともいう。三嶺も一緒に歩いていいと思ったが、遼一の相手がいなくなる。もともとシチュエーションは決められているのだ。

糸山の展望台の手摺りにもたれて、二人は大橋を見ていた。瀬戸内の夕景は穏やかだ。行き交う船舶は千差万別、大型の観光船や巨大タンカーが通るときは、思わずこちらまで緊張している。来島海峡は海運の難所として名高い。小型の船舶や申しわけ程度の帆を揚げた漁船も点在していて、それらを眺めているだけでも退屈しない。

あちこちの灯台や航路標識の灯かりが、よく目立つようになって来た。物憂い船の機関の音にときおり汽笛が重なる。

近くで、小学一、二年生くらいの女の子を中心に若い夫婦が写真を撮り合ったりしている。一家の「主人公」はこの女の子であることが十分に推察できる。若夫婦の生き甲斐もこの子にかかっているのであろう。

「わたし、先生辞めようか迷ってる、どう思う?」

遼一はそれほど驚いた顔を見せなかった。多分、父からいろいろ話を聞かされているのだろう。生徒にものを教えるということに自信が持てなくなったということよりも、生徒を取り巻く情勢に、適応できなくなった、あるいは適していないような気がする、と理由を述べる。

「僕だって、自分に子供が出来たとき、はたしてどう育てられるのか、まったく自信ないよ、いまの世の中見てるとね」

遼一は率直だ。昔から、そのこだわらないカラッとしたところが魅力だった。

「辞めて、どうするつもりや?」

「うちの親としては、遼ちゃんのお嫁さんになればいいという考えのようだけど…」

三嶺は彼の横顔を盗み見た。彼は正面中空に視線を向けたまま、黙って笑っている。

そのとき一斉に大橋にライトが点いた。

「わぁーっ」という嘆声が辺りからあがる。

「きれいやなー」

二人も思わずつぶやいた。馬島を越えて遥か向こうまで、三連の巨大な橋のその上を、光の粒が端正なカーブを描いている。真珠のネックレスと言ってもいい。

「水かけるようだけど、家庭の待機電源を切るためにコンセントから抜きましょうと呼びかけながら、これだけのライトつけるんだからね」

「わたしも同じこと考えてた。変な国よねえ」

「こんなに大きくて綺麗だと、目の正月にはなるなァ」

「ときどき、目玉に褒美あげないと、もたないのかなァ、わたしたち…」

「ときどきじゃなくて、もう、しょっちゅう」

「そう、贅沢中毒！」

二人は一緒に笑い声をあげた。

　ホテルでの、四人そろっての夕食はおいしかった。食後、遼一と三嶺は喫茶部に移って話をした。ヨーロッパ調を真似ているのか、かなり照度を落とした落ち着いた雰囲気である。蛍光灯を一切使っていない。それに全部間接照明である。

「わたし、ネパールへ行く。行きたい」

遼一は今度は笑っていなかった。

「ネパールって、ヒマラヤの国やろう。また、どうしてネパール？」

三嶺は電灯をながめていて急に思い出したのである。糸山でもそうだったのだが言い出す暇がなかった。

毎年夏休みの数日、大学時代の生物クラブの同僚やOBで、北アルプスなどの夏山山行を実施している。今年は剣沢から剣岳往復だった。T小屋でメンバーの一人が体調をくずし、一日小部屋で寝ていた。そのとき親切に介抱してくれたアルバイトの女性、チリン・グルンのことを話す。

彼女はネパール人である。向こうの雨期の間、こうして手伝いにやってくる。今年で三年目、大きな目玉と、真っ白の歯、白い爪がよく目立つ。顔色は相当に黒いが日焼けのためだと思っていた。日本語が随分上手だ。必要なこと以外しゃべらないから、初めは日本人だとばかり、どこか田舎から手伝いに来た女の子かと思っていた。彼女は若く見られがちだが三嶺と同い年だった。三嶺を惹きつけてはなさない、言葉では表せない不思議な何かを持っていた。三日間の逗留中にすっかり仲良しになった。持参のテープレコーダに、三嶺は簡単な日常会話を吹き込んでもらった。

三嶺が「こんにちは」と言ったあと、「ナマステ」とネパール語でチリン・グルンが吹き込む。

「ありがとう」には「ダンニャバード」。「わたしの名前は三嶺です」、「メロ・ナム・ミレイ・ホ」。一時間近く、調子に乗って、「どろぼう！」、「チョール！」というのまでやった。「そんなこと、ないんじゃないのぉ」「ホイナ・オラー」というのも感じが出ていて面白かった。テープは大事にとってある。気が滅入ったとき聞けば一遍に元気になること請け合い、十日ほど前に聞いたばかりだ。

彼女の出身地は、ネパールでも奥地のムスタン地区の入口近く、マルファである。電気が引かれたのも、そう古いことではない。いまでも夕食時になると停電する。午後九時になればまた点灯するという。小さな水力発電のため、容量が十分でないのだろう。

遼一は、そこは観光地なのか、と訊く。チリン・グルンにもらった彼女の故郷マルファ近くの一枚の写真を見る限り、観光地といえそうにはない。茫漠とした広大な河原が広がり、あたりの山の斜面には小さなブッシュのような潅木がまだらに生えているだけ。ただ河原の向こうに真っ白く、釣鐘を伏せたような山が座っている。八一六七メートルのダウラギリI峰というヒマラヤの山。チリン・グルンの話でも、一帯はそのような風景、立派な山以外は何もないとのことだった。

あの職員会議のあった日の夜、この写真を見ていて、知らぬ間に涙がこぼれていた。寂寞とした風景のせいなのか、すべてを包容する広大な空間のためなのか、分からない。

三嶺は「観光じゃなくて、向こうへ行ってしまいたい気分…」と答えた。

遼一は、「それは、逃避ではないのか、逃げ場所なのか」と言った。

そこが三嶺自身にも分からない。

十一月はすぐに去り、年も押し迫った二学期の終了式のあと、来年三月を潮に退職する、と三嶺は申し出た。そのせいで、遼一一家との詰めの話はどこかへ飛んで行ってしまった。

三月、三嶺はネパールへ旅立った。とにかくこの目で、一度は見ておかなければならない。すべてはそれからである。山旅専門のツアー会社に頼んで、T小屋の経営者や、マルファのチリン・グルンに連絡を取ろうと試みたのだがうまく行かなかった。それもそのはず、現地へ行ってわかったことだが、マルファには一般の電話などはなかったのである。五キロほど上流の、空港のあるジョムソンに航空会社の無線電話があるだけだった。

ツアーは総勢十名、日本各地からの寄せ集めだ。四国からは三嶺だけだった。東京の、正確には神奈川県茅ヶ崎市の優子さんが三十代だろうか独身、ほかは五十代夫婦二組、そして中年の四人である。

カトマンドゥのトリブヴァン国際空港から、国内線の小型機でポカラまで行き、さらに乗り継いでジョムソン空港に飛ぶ。二十人乗りほどのプロペラ機は、いかにも一生懸命頑張っています、とでもいいたげに、人間の息づかいにも似たエンジン音を響かせ、ヒマラヤの狭間を飛んで行く。はじめて見る氷雪の峰々は、想像以上に壮大、華麗だ。それにもまして、谷間から一千メートル以上の山上まで、びっしりと耕された段々畑が、見る者を驚嘆させる。なんという勤勉さであろう。かくまでして収穫を計らなければならないのか。


午前八時過ぎジョムソン空港に着陸。河岸段丘の平地を均しただけの、舗装もされていない滑走路である。すぐそばに七〇六一メートルのニルギリ北峰が屹立している。地図上の平面距離で、ここから山頂までわずか九キロ、朝日に輝きまぶしい。

宿泊予定のヒマラヤン・ロッジは徒歩で一分足らずだった。食堂の窓から眼下の滑走路と、その向こうのニルギリ北峰が見える。三角錐の底辺を大きく広げた形の、その北面は垂直に近い角度でランポヒュンの谷に向かって削ぎ落ちている。ジョムソンとの高度差およそ四千メートル、氷壁の一部がヒマラヤ襞となって、縦縞の列を淡いブルーに光らせている。

食堂の素朴な造りの椅子に座り、チャー（ネパールのミルクティー）を飲んで一休みする。給

仕をしてくれたのは小学高学年くらいの少女と、そのお父さんらしい男性である。彼女はインド系のきりりとした顔立ち、初対面の三嶺たちに少し緊張している。ときに得も言えぬアルカイック・スマイルを見せる。

お茶が終わり、それぞれの部屋が決められた。三嶺は優子さんと同室になった。日帰りハイキングの支度をして九時、ロッジを出発する。カリ・ガンダキ川の上流九キロメートルのカグベニまで、日帰り往復を目指す。

ツアーリーダーのSさんが、小さな石造りの家に入って行く。入域許可のチェックポイントである。カトマンドゥで取得していた全員の、ジョムソン・ルート・トレッキング許可書とアンナプルナ保護区入域許可書の手続きを行う。前者がUSドル五ドル、後者は千ルピー（約二千円）である。環境保護目的が謳われている。手続きが済むまで一同外で待つ。

そばの民家の軒先で日向ぼっこをしている格好の、若い警察官がいた。どこから来たのか、と三嶺に話しかけてきた。日本から、と答えると、東京か、という。このあたりでは、日本すなわち東京のようだ。東京という地名を知っていることを言いたいふうでもある。ネパールの印象はどうか、ネパール人をどう思うか、などと訊いて来る。たどたどしい英語だがそれはこちらにも都合がいい。入国してまだ間もないことだからはっきりしたことは分からない。トリブヴァン空港辺りのゴミの凄さには驚いたが、そのことは控える。ネパールの人は人懐っこく親切で親しみやすい、と答えた。しかし確信があるわけではない。三嶺自身の希望が盛り込まれた感想である。彼は二十九歳、三嶺より一つ上だが、大分小父さんに見える。

その時、男子小学生が四人近づいてきて、英語でキャンディーが欲しいと言った。警察官に、やってもいいものか訊く。やらないほうがいい、との答え。三嶺もそう思う。すると小学生たちは、チューインガムという。虫歯になるから甘いものをやらないように、との注意をリーダーから受けていた。ガムならばとまた、警官に訊く。やはりだめだと言う。悪い癖をつけないほうがいいのだ。可哀想なようだが、丁寧に断る。そのときの彼らの表情が独特だ。四人とも、困ったとか意外だとかの感情を表すのでもなく、ただ普段の顔で立っている。三嶺たちが歩き始めると一緒に黙って歩きはじめる。

道幅は四、五メートルだったり十メートル以上になったり、また地形次第で上下している。道端に柳に似た木が薄緑の若葉を伸ばしている。

道の左手に、軍隊の駐屯地があった。塀のようなものは前面の一部だけで中は丸見えだ。迷彩服を着た数人の兵士がいるが、全体として深閑としている。道路というべきものはないのだから、もちろん車両などはない。こんなところに軍隊など必要なのだろうか。三嶺の問いに優子さんが答えてくれた。ここはチベット国境まで五十キロほど、中国は数十年来の介入でチベットを取りこんでしまったが、いまなお確執が続いている。特に一九八六年秋の独立要求デモは世界的に有名、多数の死傷者が出た。ネパールもいろんな面で大国中国の圧力を受けているらしい、と教えてくれた。このような施設や人数では、いざというとき一たまりもないだろうけれど、情報前戦基地としては意味があるのだろう。ひとたび事あれば、彼らは、たちまち人殺しの専門家とならなければならない。いかに効率良く人間を殺すか、そのプロ集団であることに変わりはない。後背地の断崖に大きなアルファベットの幾文字かが白く書かれている。それぞれ独立しているのかと思うほどかけ離れているので、なんの印かいぶかっていたのだが、全部繋ぎ合わせると、CLIMBINGと読める。岩壁登攀の練習場なのか、それともまた別の意味があるのか。退屈凌ぎに書いて見た、というのが正解のような気もする。

駐屯地の向かい側を振り返れば、道端に桃の木だろうか、満開のピンクの花が光っていた。目を細め、眺める。その背後に、ニリギリ北峰。全面水色の氷壁、その上の快晴の空、ブルースカイが眩しい。

気持よく豊かな水が流れている水路があった。井戸端会議だろうか十人ほどの女性がおしゃべりしていた。通り掛かりに三嶺は「ナマステ」と声をかけてみた。すると、驚くほどに大きな声

で全員、「ナマステ！」と言ってこちらを向き笑顔を送ってくれた。その親しみのある明るい顔は、三嶺が一瞬たじろいだほどに新鮮だった。「いいお天気で」とでも言いたいところなのだが言葉を知らない。やや小声で「ナマステ」と言った。また明るく「ナマステ」と返って来た。「ナマステ」には、こんにちはと、さようならの両方の意味があるのだから、これで正しい。

一緒に歩いてきた小学生たちが左手の低い石垣の囲いの中に駆け込んで行った。その広場には数十人の子供たちが集まっていた。「あれあれ、あの子たち、学校に遅れたよ」と仲間から声があがる。彼らは登校途中だったのである。少々遅刻しても何ということもないらしい。

道端に、親子の黒い牛が、なにするというでもなく佇んでいる。ただ寄り添っているだけという時間の過ごしかただ。いわゆる野良牛なのか飼い牛なのか定かでない。穏やかな目で三嶺たちを見ている。声を掛けたくなる雰囲気だ。

木製の橋を渡り、ジョムソンの本村に入る。両側に石壁の建物が並び、道幅は一段と狭くなる。三メートルほどのところもある。向こうから牛とか馬、ロバなどの隊商がやって来ると、どうよけていいものかあわてる。しかし牛馬のほうは慣れたものだ。ちょっと三嶺の膝のあたりに、挨拶でもするかのように鼻先を寄せておいておとなしくすれ違って行く、チリン・カランと優しい鈴の音を響かせながら。

ふと気がつけば三嶺の足元を、小さな女の子が後になり先になりついてきていた。と思ったがどうも一緒の方角に歩いているだけのようである。道幅が狭いのでそうなってしまう。肩から足元まで一続きの、赤い布を纏ったような服を着ている。履いているのはゴム草履だ。かなり長い間一緒だったので三嶺はなにか話しかけたくなった。だがその子は三嶺の腰にも満たないほどに小さい。英語が通じるのだろうか。おおきな瞳、きれいに束ねた髪を後にぴんと跳ねあげている。三嶺がためらっている間に、彼女はベンガラ色の窓枠に白色の石壁で出来た頑丈そうな家に入ってしまった。入り口に表札が出ている。「ニルギリ児童学園・一九九一年設立・寄宿舎・ジョムソン・ムスタン地区」という意味のことが英語で記されていた。

ジョムソンの集落を抜けると、カリ・ガンダキ川の河原に出た。この川はやがてインドに入り、インド洋に注ぎ込む聖なるガンジス川となる。その最上流部である。道は広々と平坦な河原の中に続く。カリ・ガンダキとは「黒い河」を意味する。河原の石が黒っぽい。土産物屋に並べられ

ているアンモナイトの化石の色だ。この河原が産地だからまったく同じなのは当然である。山塊の足元を縫うように、茫洋として河原は奥地に続いている。このあたりの川幅は二キロ近くある。雨期の増水時の道であろう、左岸の、岩と土だけの茶褐色の斜面に細い道が見え隠れしている。

河原の道を黙々とつき進む。踏み跡程度のもので歩きやすいとは言えない。牛や馬、ロバなどの隊商と行き交う。仏教やヒンドゥ教の巡礼者、白人トレッカーなどにも出会う。三十分ほど進んでも風景はほとんど変わらない。どこまでも続く平坦な河原に少しうんざりする。静岡県のN夫妻が先ずリタイアした。奥さんの調子がよくないらしい。ここから引き返すという。振り返れば紺碧の空の下に氷雪嶺が連なっていた。釣鐘を伏せた形のダウラギリI峰（八一六一メートル）、その右にピラミッド型のトゥクチェ・ピーク（六九二〇メートル）、手前にジョムソンの裏山、そしてその下にここまで続いているカリ・ガンダキの河原。チリン・グルンにもらった写真の風景だ。三嶺は

彼女の野性的で真っ直ぐこちらを見つめてくる目玉を思い浮かべる。明日はマルファ行きである。会えるかも知れない。

歩き始めて二時間半、みんなの足が速い。三嶺は遅れ気味になる。優子さんも苦しそうだ。道が河原からそれてほんの少し河岸の登りにかかったとき、強い息切れを感じた。わずかだが頭痛も感じる。優子さんの顔色が土色だ。近づいてみる。

「まだ、どのくらいあるのかしら」

と苦しそうにしている。彼女は去年、クーンプ山域エヴェレストの見えるナムチェ・バザールまでトレッキングしてきた。きのうのポカラの宿から熱があるようだったの、と砂の上に座り込んだ。風が吹き始めた。カリ・ガンダキの強風は毎日決まって昼前から吹き始める、そのための準備と心構えが注意書きにあった。雨具兼用のウインドブレーカーを着る。フードもしっかりかぶる。風の中で地図を広げようとするが、風を避ける場所もなくこれは意外と難しい作業だった。リーダーものぞきに来る。

「地図で見ると、まだ三分の一来たところでしょうか？」

三嶺はリーダーに確認を求める。リーダーも同じ見解。すでに十一時近い。強風の中で、重い頭の中で、計算する。カグベニへ行ってジョムソンまで帰ってくる行程はこの時間ではきつ過ぎる。三嶺は優子さんと一緒にここから引き返したいと申し出た。

リーダーたちは見る間に芥子粒のように小さくなって行く。

二人は風の中に姿勢を低くしてしばらく休むことにした。優子さんが、付き合せて悪いね、と気兼ねする。三嶺こそ連れが出来てよかったと思う。頭痛がする。水分を補給する。標高二八〇〇メートルほどなのに高山病の症状だろうか。今朝、標高六百メートルのポカラからやってきて、すぐに歩きはじめたのだから高度順応が出来ているはずもない。

向かい風の帰路は苦しかった。常時吹きつけている強風の上に、さらに強烈な風が砂塵を巻き上げ、巨大な堤防の形をなして向かってくる。後向きになり、息を詰めてやり過ごす。隊商の馬の一団が道の左右に広がって正面からやってきた。こんな風の中ではどうにでもしてくれ、である。彼らはうまく三嶺たちをよけて通り過ぎる。

これほどの強風でありながら不思議である。四万十川や仁淀川の河口の砂浜では、強風に飛ばされた砂粒が顔面に当たって痛かった。その感触とは全然異質なのである。砂が飛んでこない。風速といい、規模といいはるかに強いはずなのに、と三嶺は不思議でならなかった。

十三時、やっとジョムソン入口の民家まで帰って来た。石垣の陰に腰をおろし、水分補給と休息をとる。優子さんも大分楽になったという。

兄弟のような、そうでもないような三人の子供がどこからか現れ、三嶺の前に立った。一番年少の女の子は三、四歳くらいにしか見えない。三人とも「ドーコ」という、竹で編んだ逆円錐形の籠を頭にかけた紐で背負っている。仕事の途中らしく、燃料に使う畜糞がいくらか入っている。年長の子は英語ができるようだ。キャンディが欲しいと言う。今朝の警官のことを思いだして気持を抑える。ブックは？ という。ノートのことらしい。ノーといえばペンシルはという。三嶺の胸ポケットのものを見つけたようだ。オンリー・ワン・フォー・ミーと言って断る。予備を持っているのだからウソをついたことになる。気の毒だが要望に応えられない。いろいろ話しかけてみるが、彼らの興味はそれらにしかないようだ。

上流から数頭の牛を連れた一団がやってくる。仕事が来たよ、と彼らに伝える。結局、三嶺も優子さんも何一つ彼らにプレゼントしなかった。すぐ横の広場では、吹き募る風など平気で、子牛の尻尾を捕まえて女の子が走り回っていた。

十四時過ぎ、ロッジにたどりついた。風は相変わらず強い。

少女が運んでくれたチャーを飲む。ふと見せる彼女の笑顔は、いままで出遭ったことのない不思議な魅力を秘めている。年を訊いてみた。十四歳だった。初め十三歳と言って慌てて訂正した。十四になったばかりなのだろう。体が小さいせいか幼く見える。日本なら中学生だ。名前は「ラクシュミー」、恥ずかしそうに小声で答えるので、三嶺は正しい発音までなかなかたどりつけなかった。ロッシュミー、ラッチミー、ラッシュミーと通過して、そばの父親の助けをかりて、やっと正当なラクシュミーにたどり着いた。正確にはこの全部を含んだものといったらいいのだろう。それ以降、通路などで出会えば、用がなくても、声を掛けたくて仕方なかった。あの密やかな笑顔が見られるからだ。ラクシュミーと呼びかけると、彼女は、「トェニーエイト（二十八）」と三嶺の年齢で返してくるのである。名前をはっきり名乗ったはずなのに覚えにくかったのか、それとも故意にそうやっているのか、分からない。三嶺は、ラクシュミーの笑顔を対象にして、自分はある種の不謹慎な悦楽に耽っているのではないかと思った。微かな後ろめたさを感じる。

十七時過ぎ一行が帰って来た。あの強風に向かって九キロもよく歩いて来れたものだ。三嶺も優子さんも心から驚いた。半分は信じられなかった。ところがその中の二人は夕食にも翌日の朝食にも出てこれなかった。やはり相当の強行軍だったのだ。しかもカグベニまで行けず、二キロ手前のエッカラバッティで引き返したと、あとで知った。


翌日は、ジョムソンからカリ・ガンダキ沿いの下流十一キロメートルにあるトゥクチェまでの往復日帰りハイキングである。きのう疲れてしまった三人はロッジで休養するという。三嶺と優子さんは体調もやや回復したので、同じコースを適当な所までの、二人だけの自由行動にしてもらう。

今日もニルギリ北峰は朝日に全身を輝かせ眩しい。下流に向かうにつれ、ニルギリ北峰奥のティリッツォ・ピーク（七一三四メートル）も鋭いとんがり頭を現す。カリ・ガンダキの下流正面には、ダウラギリI峰の支尾根が真っ白く衝立のようにふさがり立っている。

シアンの部落のたたずまい、行き交う隊商の牛馬、ロバ、修行僧、家族連れはいうまでもなく、遊んでいる鶏や牛馬、ロバ、洗濯をする女性たち、子供たち、それら全てに独特の雰囲気がある。ネバールではなにごともせかせかしないこと、ゆっくり構えること、そう書いてあったガイドブックの注意書と、剱岳の小屋でのチリン・グルンの話そのものだと感心する。「Ｔｈｉｓ　ｉｓ

NEPAL」と肝に銘じること。その精神がすべてに行き渡っているといえばいいだろうか。なにごとも「ディスィズ・ネパール」、慌てることなかれ、急くことなかれである。河岸段丘や河原の道をたどりながら、そのネパールらしさが少しは三嶺の全身に沁み込んでくるように感じられないでもない。

「のどかで、静かで、豊かねぇ」

と優子さんがつぶやく。

「いいなあ、山はどっかり、河原無限、やがて烈風がんがん、ね」

三嶺は歌でもうたいたくなる気分だ。その証拠に、下流から馬に跨った二人の男が、大声で歌いながら近づいて来た。日本でだったら酔っ払いだと思っただろう。三嶺たちのそばを過ぎると き白い歯を見せて「ナマステ」と叫び、途切れることなく歌いながら上流へ去って行った。

河べりの道のわずかな上り坂にさしかかったとき、三嶺は不思議な音を聞いた。どこからともなく流れくる遠い異国の教会の鐘の音を聞いたような気がした。風に乗るかのようにその響きはしだいに大きくなって来る。音域がぐんぐん低く広がり響き合う。坂の向こうからだ。坂の頂きに牛たちの角が現れ、全身が現れ、数十頭の群れは首につけた鈴をガラン・グルン・ゴロン、ガラン・グルン・ゴロン…と鳴らしながら近づいてくる。それぞれの鈴が、歩みと共に揺れ動き音を生む。それらは互いに響き合い、穏やかな和音となって丸く大きく膨らんでいる。ドンゴロスを背から脇に数個ずつ付け、鈴の音と共に歩み来る。音のクレッシェンドが姿のズームアップと

正確にシンクロナイズしている。一群れの鈴の音は三嶺たちの前で最強となり、やがてディクレッシェンドしていく。三嶺は映画の中に迷い込んだと思った。眼前にあるのは現実そのものなのに、音と映像が連動しているのは当然であるのに、それが錯覚しているかに、夢のうちにいるかのように思われて仕方なかった。優子さんもまた、立ち止まり、呆けたように見送っている。柔らかく穏やかに、牛たちの黒々と揺れる塊が朝日の中に遠ざかって行く。

マルファの入口で早くも風が吹き始めた。カンニ（魔除けの仏塔門）を通ってマルファの街に入る。平たい石を敷きつめた道は、幅三メートルほどであろう。牛馬の一隊と出会ったとき互いに一列になってすれ違う。両側に、石を積み重ねて造った白壁の家々が並ぶ。そのそばに、石を敷き詰めた水路が流れ、数人の女性が洗濯をしている。子供たちが叫び声をあげて遊んでいる。雄鶏が一羽、胸を張って石塀の上を歩む。

ドーコ（竹籠）を背負ってたたずむ少年、彼は獲物が落ちてくるのを待っているのである。数人の男たちが、手綱などつけていないロバや馬をその辺に適当に遊ばせ、立ち話をしている。軒先でうたた寝をしている男一人。マルファの街はジョムソン街道で一番美しいといわれるだけあって、静かで端正なたたずまいだ。

どこかでチリン・グルンの家のことを尋ねてみようと、幾つかのロッジの入口から中を覗いて見るのだが、深閑としていずれも人の気配がない。土間やテーブルなどが綺麗に掃除され並べられている。

メイン・ストリートは意外と短い。マニ石（経文を刻んだ石）の積み上げた傍を過ぎると、マニ車の列が並んでいる。それを右手で回しながら通れば、そこはすでに街の南端のカンニである。そのはずれの岩陰に風を避けて休憩をとった。目の前に二十センチほどに伸びた麦が風に吹かれ光の縞を踊らせている。手前に水路、水が豊かに流れ、日本の春の小川とよく似ている。

チョコレートなど頬張りながら、引き返して街中で訊いてみるほかないね、などと話していると、一人の女性が現れ、英語で話しかけてきた。二人が日本人だと分かると、今日はどこから来たのかと訊く。ジョムソンからと答える。色が黒いためか初め、この辺のおばさんかと思っていたが、よくみれば随分若い。まだ二十代だろう、とすれば三嶺と同じくらいか。鼻筋が通りわずかに面長、眼差しが聡明さを感じさせる。どこか日本の東北あたりで見る人のようだ。彼女は十

年ほど前、チベットから逃れてきたチベット人、名前は「アン・ドン」という。非常に覚えやすい。

すぐそこでミニ・ショップを開いているので是非見て欲しい、と熱心だ。三嶺も優子さんもショッピングには興味がないので気乗りしなかったが、彼女にチリン・グルンのことを尋ねればいいと考えついていく。ロッジのような建物前の、庭の石塀の上に小物が並べられていた。ネックレス、ブレスレット、宝石入れ、アンモナイト化石など、よく見かけるものばかり。三嶺は、金属製のネックレスを一つだけ、デザインが気に入ったので買う。少し値切って二五〇ルピー。優子さんは何も買わない。物物交換を提案して、シャツなどが欲しいふうだったが、こちらに余分の持ち合わせはない。たった一個の商談成立でも彼女はうれしそうだった。

チリン・グルンのことを彼女は知っていた。マルファの街の真ん中あたり、母親が「ロッジ・チャラー」を経営している、と教えてくれた。チリン・グルンと日本で知り合ったのか、とその「出稼ぎ」のことを羨ましそうにいう。ロッジの名前「チャラー」はネパール語で「鳥」のこと、チリン・グルンが鳥の案内人でもあるからだ、と説明してくれた。

ロッジ・チャラーは先ほど玄関先を覗いて通ったところだった。白いたたきの土間に木製のテーブルと椅子が数席、レストランも兼ねているらしい。

随分奥のほうに向かってしばらく声をかけた。チリン・グルンのお母さんだという人が出てきた。チョコレート色のセーター、細く白いネックレスが上品だ。頭に花模様のスカーフを軽く巻いて、にこにこしている。皮膚の色、笑顔、まるで日焼けした日本人と変わらない。

三嶺の名前を聞いて驚いている。剣沢での話を知っている。チリン・グルンは不在だった。カトマンドゥの日本語学校へ行っているという。教師としてかと思ったら、生徒としてだった。三ヶ月間の上級クラス、昼間は旅行会社を手伝い、夜間通学しているとか。ドイツ語も勉強を始めたのだと言う。

昼食に、ヴェジタブル・ヌードルとモモ（ネパールの餃子といっていいもの）、ミルクティーをとった。出来あがるまでに一時間近くかかった。ディスィーズ・ネパール、おそらく、注文を聞いてから火を起こし湯を沸かして調理が始まるのであろう。本来はそれが当たり前か。日本では保温釜、保温ポット、冷凍保存、そして電子レンジでの解凍、なんという「便利で」せっかちな日々であろう。自分たちの生活を振り返るいい機会——優子さんと意見が一致する。急いでいるわけでもないので、のんびり待てばいいだけ。その分、精神のリズムが正常なピッチに戻って

行くだろう。

お兄さんだという好青年が現れて、ときどき相手をしてくれる。マルファの街は、宮崎県の諸塚村と姉妹関係を結んでいるとか。記念のアルバムや諸塚村のパンフレットなどを見せてくれる。

ヌードルもモモも、もちろんチャーもおいしかった。娘の友達だからとアップル・ブランデーをサービスしてくれた。甘酸っぱい懐かしいような味がした。マルファはリンゴの名産地らしい。どこにリンゴ畑があったのかといぶかると、今は花も咲いていないが、日本の農業技術指導で栽培されていると、感謝される。

カトマンドゥから娘が帰ったらきっと話しておきます。ぜひまた訪ねて来てください、と丁重に見送ってもらった。そのとき三嶺は、再訪するなどとは思ってもみなかった。

風は相変わらず強烈だ。しかし帰路は追い風である。かぶったフードをぼうぼうと鳴らして吹き過ぎる。

シアンの向こう岸の村落、サムレに渡る釣り橋のたもと、石組みのアンカーのところに風を避けて休憩する。ジョムソンのロッジでもらった鏡餅を平たくしたような、蜂蜜たっぷりのパンを食べていると、橋を渡ってきた牛の数頭、その飼い主の老人、ひとりぶらぶら歩きの野良犬？　それぞれが覗き込んで行った。老人はパンを見れば分かるのか、「ジョムソンから来たのか」と言った。ほかのものもみな、なんらかの言葉をつぶやいていったような気がする。ここではあらゆる生き物が、無心に働き、休み、遊んで、一日を過ぎ行くままに送っている。みんなが、同等の、分け隔てのない次元にいる。それぞれの能力や持ち味を生かそうとすれば、そうならざるを得ないのだろう。人には人の、ロバにはロバの、子供たちには子供たちに見合った仕事が待っている。区別、差別、平等、均等、権利、等々と日本では随分騒がしい。ひまなのか忙しいのか…。

この橋のたもとはカリ・ガンダキの河川敷のほぼ真ん中あたりである。水面からは数メートルの距離がある。三嶺は上流の方角を眺めながら風の音を聞いていた。広々とした河床を、気ままに蛇行し、深くえぐり取り、勇壮な川である。護岸工事などというものは一切見られない。架橋地点の補強が石積みで図られている程度だ。三嶺のふるさと、K川の工事を思い浮かべる。わずか十メートル足らずの崩壊個所を、「高さG面より百三十二セン…」などと唱えながら、何十日もかけて細々と施工する姿。せめてその間だけは生業が保証されているのである。やがて膏薬を貼りつけたような岸辺が出来上がる。さらに三嶺がその山奥で見たものは、土木予算の消化のためであろうか、小川に散在する大小の岩石を、フォークリフトで削り取り、コンクリートを打ち込んで平たく滑らかな川床に改修してしまう工事であった。小川から掘り出された自然の造形物、大小の優美な岩石は、内密に、ある屋敷の庭石として運ばれ第二の「人生」を送っているという。

はたしてどちらが「貧しい」と言えるのであろう。

荒々しく、全てはそのまま放置され、シアンの村の一部がそうであるように、河床のただ中にあるかのような村落も、増水期に水の来ない位置を選び、自然に逆らわない暮らしに徹していることが分かる。正確には、逆らうなどという概念すら生まれていないのかもしれない。

ジョムソンに来て以来、日本人に出会わない。白人のトレッカーは少なくない。それも二人連れがもっとも多い。大抵シェルパかポーターを一人、従えている。見ているこちらがつらくなる程の大きな荷物をその一人だけに背負わせている。たまに大きなリュックを自分たちで背負って歩いている二人だけの若いカップルなどに出会うと妙に感心してしまうのである。トレッカーで一番多いのはドイツ人らしい。みな体格がしっかりしている。このアンナプルナ・ヒマールのコースは大小様々無数のレベルを選べるが、「アンナプルナ山群一周二十三日間」などは、五四一六メートルのトロン・パスを越えなければならない。治安も必ずしもいい区域ではない。毎年数人のトレッカーが山賊に襲われ、負傷あるいは死亡していると報告されている。特に南部の密林地帯が危険なようだ。

強風に向かって懸命に歩みを進めるトレッカーたちを見ると、三嶺はつい四国遍路を思い出してしまう。四国の登山道は遍路道と重なっている部分も少なくない。歩き遍路たちと山道で立ち話することもあった。だいたい五十日を要する長大な行程だ。アンナプルナ一周よりも遥かに長い。目や耳に入り、肌に触れ、歩きながら感じる風物は両者あまりに異なっているけれども、何か共通のものがあるのではないだろうか。

ジョムソンの手前まで帰って来たとき、向こうから二人の若い白人青年がやってきた。いきなり大声で、

「Ｏｈ，Ｎｏ！」

と叫んだ。なにごとかと振り返る。巨大な黄土色の砂塵が川幅一杯に立ち上がり、すぐそこに迫っていた。構える間もなく三嶺たちを前につんのめらせる。優子さんも、「うへぇー、やるー」などと叫ぶ。そのエネルギーには拍手を送ってやりたいくらいのものだ。白人青年の叫び声も明るいものだった。頭上の空は相変わらず青々と深い。ニルギリ北峰の頂上北面にだけ、ちぎれ雲が引っかかっている。

翌朝、ポカラからの定期便は、七時ごろ一便が引き返して行った。二便目を待つ。その間、ロッジの前で、往来の行き交う人や牛馬を見る。いつまで見ていても飽きない。ロッジの下隣りの店主ラマさんが、通りかかりの商人たちと商談を始める。ブランケットの仕入れらしい。言葉は分

からないが駆け引きがなかなか微妙のようだ。

三嶺たちの便はとうとうやって来なかった。まだ風も出ていないのに欠航と決まった、とリーダーから連絡が入る。上空に早くも風が立ち始めたらしい。みんながダウラギリI峰の山頂を指差して納得する。強風を示すちぎれ雲がひっかかっていた。一日自由行動となった。ばてていた三人の女性は、この近くを散歩するという。

優子さんと、向こう岸の村落ティニガオンまで半日ハイキングに出かける。ティニガオンの近く、畦道の脇でお茶にする。タンポポに似た黄色い花が咲いている。赤褐色の蝶が飛んでいる。小学生頃の遠足の野原を思い出す。眼前に迫るニルギリ北峰の存在だけが随分と異なる。

ふと気付くと、一人の農婦が三嶺たちの前にきて、笑みを見せて座っていた。英語が全然通じない。白い大きなネックレスをしているほかは、日本の農婦とほとんど変わらない。

「タバインコ・ナム・ケ・ホ（あなたの名前はなんですか?）」

三嶺が問いかけると、彼女ははじめて笑った。しかし笑っているだけで答えない。

「メロ・ナム・ミレイ・ホ（わたしの名前はミレイです）」

また笑った。自分たちが飲んでいた粉末のミルクティーパックを一つあげる。タトバニ（お湯）で溶いて飲むのだと身振りで説明する。分かったようだ。あとで考えれば、ミルクティーの本場で粉末のパックなどとは…、しかし仕方がない。すぐ帰るつもりだから余分のものは何も持って

来なかった。彼女が麦畑の水の調整に立ち去ってから優子さんがつぶやいた。

「もっといい物、もらえると思って来たのでしょうね」

三嶺はただ親しみと好奇心で寄って来たのでは、と言いたかったのだが、優子さんは言葉を続けた、

「物のある人から無い人がもらう、それが当たり前と思わない？」

そういえば日本だって昔は、いやついこの間までそうだった。今じゃどうだろう、ある者が無い者から〝もらう〟ばかりである。

三嶺がたしか中学生だったころ、父の知り合いの小父さんが家へ来てしゃべっていた。

——弁護士会の無料相談でのうし、借家人が家賃払わんのでどうしたらいいか訊いたらのし、なんと「持てる者が持たざる者を助けるのは当たり前、ハイつぎっ」と来たもんだ——

今ではとても考えられぬことだが、その話に優子さんは

頷いている。

午後、ロッジの前で往来を見物する。ラクシュミーと同じくらいの少女が、ドーコを背負って三嶺のすぐ前で畜糞を拾っていた。ときどき息抜きをするようにも見えるが、かなり真面目にやっている。道の糞類は誰かが踏みつける間もなくこうして拾われていく。道のやや下手を見れば、中学校だろうか、少女たちが鬼ごっこのようなことをして遊んでいる。そこに近づいた畜糞拾いの子は、ドーコを足元におろし、校門にもたれて眺めている。制服なのだろう、だいたい似通った服を着ている大勢の少女たちにくらべ、ドーコの少女は随分と粗末な服である。手足はまんだらに汚れているようにも見え、頭髪も逆立ったりしている。しばらく眺めていたその子は、またドーコを背負って仕事を再開した。

同じ年齢層でも過ごしかたが余りにも異なる。三嶺は疑問に思ったのでリーダーのSさんに訊いてみた。この国ではヒンドゥー教が大多数なので、カースト制のためにそんな現象は当たり前なのだそうだ。しかし最近はそれを嫌って仏教に改宗する人も多くなったのだという。少女たちにとって眼前にある毎日は、ごく当たり前の自然な日常なのだった。

翌朝、風が出ないうちにと、出発はあわただしい。定員二十人くらいのコスミック・エア機。滑走路の下流端まで行ってそこでUターン、上流に向かって走り離陸する。まだ風は北方からである。浮き上がるとすぐに急旋回、水流跡が幾筋にも蛇行した広大なカリ・ガンダキの河原が眼下に広がる。

右にダウラギリ山群、左窓からはアンナプルナ山群、眼下には累々と続く段々畑。マチャプチャレや壮大な山々の連なりが流れて過ぎる。ゴレパニ峠あたりか、目の下に一面、真っ赤な凹凸の絨毯のように、シャクナゲの山また山。乗客の嘆声がもれる。まったく全山真っ赤である。峠越えでは高度が低くなっているせいだろう、「わーわーわーっ」と言っている間に、瞬く間に過ぎてしまう。

カトマンドゥでチリン、グルンに電話をした。彼女はすぐに、ダルバール通りのホテルにやってきた。一段と日本語が流暢になっている。一緒にジョムソン街道を歩けなかったことを残念がっている。カトマンドゥの旅行エージェントに就職が内定した、と嬉しそうだ。夏の日本アルプスのアルバイトは出来なくなるかもしれない。三嶺の離職を知ると、十月に絶対来てほしい、いいものを見せるから絶対に、と強調する。ジョムソン滞在の終わりのころ、なぜか再訪の確信のようなものが生まれていた。表現しようのない魅力にとりつかれている、それだけがよく分かっていた。

チリン・グルンがお土産にくれたのは、ムスタン模様の前掛けだった。ホテルのフロントでまだ十代と思われる少女が、いつ見ても日がな一日、床を拭いていた。「ビスターリ、ビスターリ(ゆっくり、ゆっくり)」とのどかにやっていた。その少女の前掛けと同じもの、ネパールのどこへ行ってもよく女の人がそれをつけている。濃紺や臙脂色、グレイ、黄色、浅葱色、深緑、ベージュなど、沢山の色彩が細い横縞で入り、縦に三分割した縫い目がとおっている。比較的厚手の実用的なもので、マルファのアン・ドンさんも着けていた。三嶺の欲しかったものだ。三嶺は予備に持ってきた腕時計をプレゼントする。伸び伸びと羽を広げた三羽のアホウドリが秒針となって飛んでいる。鳥島のアルバトロス一〇〇〇羽回復運動に協力した折のものである。

高知のM村に帰宅すると、三嶺はネパールの勉強を始めた。書店にはネパール関係のものが極端に少ない。古書店回りでときに見つけることもあるが、頼りは図書館である。高知市はもちろん高松市、徳島市へも行った。父親のインターネットも使ってみたが、時間ばかりかかって実用的でない。

ネパールでは識字率が成人で四十パーセント、女性は二十五パーセント。子供の就学率は年々向上しているが労働力としての子供の位置付けから卒業者が少ない。

ロッジなどのトイレに紙はなくて、もし手持ちを使った場合はそばの籠に入れることになっていた。そこには水の入った大きなバケツと、穴のあいた小さな破れバケツが置いてあった。用足しの後、バケツで水を流しながら左手でうまく洗浄するのがネパール流の正しいやりかた、いわば原初的水洗洗浄方式である。そんなことも知った。

三十以上もの多民族国家、言語や生活環境なども、居住地域やカースト制度がからみ複雑多彩なこと、一九六〇年代の中国の文化大革命による凄惨なチベット破壊、命を亡くした人、家族を失った者、そしてネパールに亡命してきたチベット人の多いこと、いまなお亡命が続いていること。開発と自然保護、燃料と森林、排ガスなどの公害問題、王政復古から議会制民主主義の実現、インドによる経済封鎖等々、知れば知るほどネパールの実態は大変だ。しかし三嶺は、あの峰々、風と太陽、人々の素朴な表情を思い浮かべるだけで、胸騒ぎにも似た心のときめきを覚える。

十月、三嶺はチリン・グルンとジョムソンの奥地を歩いていた。ムスタン自治王国のムクチナート（三七六〇メートル）を目指す。チベット仏教、ヒンドゥー教の聖地であるだけに、ネパールはもちろん、いかにもインド人らしい巡礼者の姿も目立つ。風景はますます茫漠として寂寞の感は増すばかり。ただ、並び立つ白銀のヒマラヤの山々に目をやれば、胸中に清冽な活力が生まれる。行き交う人々も牛馬も寡黙だが、鈴の音だけは変わらず優しい。

ムクチナートで一泊した。チリン・グルンは高度順応の取り方と指導が巧みなのであろう、三嶺は苦もなく歩き続けられた。ただカグベニからの帰途、いくら早立ちしてもカリ・ガンダキの河原で正面からの強風に向かわねばならない。マスクをつけサングラスをかけていても、自分の顔の皮膚が見る見る現地の人たちのように、頑丈で勇ましい色合いに変わっていくように思われる。それはそれで一つの喜びと言えなくもない。

村落からかなり離れた砂礫の道で、ドーコを背負った少女に出会った。その前後を誰も家族らしいものが通ったように思えなかった。あまりにも小さい背丈と幼さに思わず三嶺は立ち止まっていた。彼女の身に合った可愛らしいドーコには半分くらい畜糞が入っていた。着ているもの、手足の汚れ具合、髪の状態などから三嶺は彼女が裸足なのではないか、と思ったほどである。ゴム草履らしいものを履いている。

三嶺はなにげなく「ナマステ」と挨拶した。少女は立ち止まり、両手を胸の前に合わせ、そして「ナマステ」と言った。三嶺は、はっとした。自分が拝まれたような気がしたのである。少女は小さな歩幅で向こうへ歩んでいく。

かなり先を歩いていたチリン・グルンに急いで追いつく。あんな小さな子がこんなところで、と尋ねる。子供たちにもそれぞれ持ち分の区域があるようで、このあたりは彼女の領域なのだろう、と軽く言う。

丁寧なあの手を合わせた挨拶について訊く。

本来「ナマステ」は、「南無阿弥陀仏」と唱えるほどに重い意味合いを持つもので、手を合わせて行うのが正しい。ただ最近は観光客の増加で軽く交わされることも多くなった、とチリン・グルンは答えた。

あの子は、本来の正しい挨拶をしたのだ。三嶺は胸を突かれる思いがした。軽々しく乱発していた自分が恥ずかしい。「こんにちは」と同時にそれが「さようなら」でもあるなんて、なんという意味の深さであろう、あの一期一会そのものではないか。小さく小さく遠ざかって行く少女の姿を見送る。

マルファの「ロッジ・チャラー」へ帰り着くと、三月に会ったミニ・ショップのアン・ドンさんが来ていた。宿泊者の多い季節、夜間は手伝いに来るのだそうだ。チリン・グルンの父は十数年前、ダウラギリI峰の登山隊のシェルパを務めていて雪崩で遭難死した。ロッジは母親と兄が経営している。チリン・グルンが勉強やその資金作りに日本にまで出かけてしまうので人手が足りないときも多いらしい。

アン・ドンさんの友人サムエは両親と兄弟をチベット動乱で亡くしていた。今はインドに亡命している僧侶に連れられ逃れてきた。アン・ドン自身も家族散り散りとなった。もうチベットに帰ることもないだろう、という。翌朝のヤク・カルカ行き出発が早いので、帰ってからいろいろ教えて欲しいと約束して就寝する。

アン・ドンさんの顔や河原で出会った少女の姿がちらついてなかなか寝つけなかった。こちらに着いてからすぐに書いた両親宛ての葉書は、いつ頃届くのであろう。三つの山嶺に囲まれたここは、わたしの落ちつくところかも知れません、などと記したから、変な理屈だと立腹することだろう。明日から数日、四四〇〇メートルのヤク・カルカまで登る。チリン・グルンがそこで見せたいものがあるという。

トゥクチェからヤムキン・コーラの谷に入り、すぐに急登が始まる。恐ろしいようなマイナー・ルート（一般的でない登山道）だ。しかし登るにつれますます高く大きくなっていくニルギリの三山、アンナプルナ連山、そして間近のダウラギリが見事だった。仰ぎ見るもの、見上げるべき偉大なものがこんなに身近にあるだけで、三嶺はそれだけで「幸せ！」と言ってしまいたい。体が精神が、心が単純に喜んでいる。もちろん呼吸は、一息一息苦しくあえぐ。それはもう単なる習慣のようにリズミカルにこなして耐えてゆけばいい。

標高四〇〇〇メートル近く、テントで一泊、翌日午後早く着いたヤク・カルカはちょっとした高地の平原である。

そして翌朝、早起きしなくていいから、とのチリン・グルンの言葉など意にも介さず、早くから見晴らしのいい場所に出る。ダウンベストを被って明るい陽光のただ中でうたた寝をしていた。

三嶺は「カラン・コロン」と叫んでいる不思議な女たちの声を聞いた。小泉八雲の怪談を読んでいる夢を見ている、そう思いながらまだまどろんでいた。しかし叫んでいたのはチリン・グルンとポーターのソミ・ジャビャンだった。

「三嶺、早く、早く見て！　カランクルン、カランクルンだ！」

指差すヤムキンの谷の、水平方向よりやや上方、小さな虫の群れのような黒いものが乱れ飛んでいる。

「ほれ、今度はこちら！」

頭上左手を仰ぐ。V字に編隊を組んだ鳥の一団だ。尾根上空を流れるようにやって来る。キュルーッという風切りの音が聞こえる。カリ・ガンダキの上空あたりに達すると途端に編隊が崩れた、と同時に一斉に叫び声をあげ始める。カララ、クルル、クルル、カララ、……

口々に叫びあう。重なり合ってガララやグララと聞こえるときもある。しかしそれぞれの声はカラン・クルンと澄んでいる。

編隊が乱れるのは谷から吹き上げる風に舞い上げられるためである。その風に乗り、螺旋状に回転しながら高度をぐんぐん上げていく。たちまちニルギリ峰の白銀の高さをしのぎ、濃紺の空に浮かぶ黒点の群れとなり、ときに白くキラリと光る。随分と小さくなってしまったと思うころ、再びV字形や、やや崩れた形となって、ニルギリの向こう、アンナプルナ山群に向かって滑翔して行く。

カリ・ガンダキを北へ吹き抜ける強風に乗る瞬間、彼らは励まし合い、声を掛け合って舞い上がる。三嶺たちがいるヤク・カルカの斜め後から、一時間あまり次々とやって来た。

「もう、二千ほど行ったよ、数えるの止める、続いてするのだったら、三嶺やって」

チリン・グルンが首をくりくり回している。

「どのくらい来るの？」

「知らない、去年、多い日で八千ほど。全部で二万数えた。毎年、六万ほど行くそう」

豪勢な答えだ。数えることなどどうでもいい、たとえようのないスペクタクルではないか。三嶺はただあきれ顔で見上げる。ポーターのソミも初めての経験なのか、驚いている表情がどこか滑稽にさえ見える。

ネパール語ではツルのことを「カランクルン」という。あのツルのほとんどが、日本で「アネハヅル」と呼んでいる種類だと、チリン・グルンが教えてくれた。

アネハヅルなら四万十の河口に迷ってきた一羽を、生物クラブみんなで見に行った。胸の黒い飾り羽と耳の後部の白い飾り羽が特徴の優美なツルだった。こんなにたくさん、一斉に渡って行くなどとは、しかもヒマラヤの七千メートル峰を越えて…。

「あしたも、まだまだ来るよ」

十月の初めの十日間ほどに集中して、毎年必ず渡って行くという。この尾根のさらに奥のほう、チベット国境に近いあたりでは、群れの中の幼鳥を狙ってイヌワシが襲いかかるらしい。チリン・

グルンも一度だけ見たことがあるそうだ。
命がけの渡りを、彼らは毎年繰り返す。春の北帰行は、なぜかこのあたりでは見ることができない。

翌日も三嶺は見た。「カラン・クルン」「カラン・クルン」と天空から降ってくる、天空に拡散し響き合う声を聞きながら、もはや半分ぼんやりと眺める。彼らはカリ・ガンダキの強風を利用して高度を上げ、そして出来るだけ遠くまで滑空する。遥かな越冬地インドを目指して…。

三嶺は思う、日本をしばらく離れていたい。マルファで働けるものなら暮らしてみたい。求められる場所が待っているような気がする。ロッジ・チャラーの手伝い、理科か日本語の先生ボランティア、あるいはトゥクチェとかシアンやマルファ、ジョムソンなどのNGO施設の手伝い、なによりも日々食べていけるだけの単純な生活の実践――それをこの地の人たちに学びたい。

逃避だ、逃げている、と言った遼一への反論は決まった。

これはマイグレーション――移住なのだ。新しい暮らしの場を求めて生物は移住地へ渡る。それが生き物らしい生活。心のうちに突きあげて来るものに正直でいたい。移住しよう、この豊かな荒野へ…。

カリ・ガンダキの吹き上げる風を力としてアネハヅルは渡って行く。その力とするものがわたしにも見える。数日前に河原で出会った少女の、あの胸に合わせた手、敬虔な正統の挨拶、小さなあの姿が忘れられない。失っていたものが見つかった。あの出会いこそわたしのカリ・ガンダキの風だったのだと、三嶺は思う。

あとがき

田舎に子供たちがあふれていた時代、小中学生はみな、それぞれの家の大事な労働力でした。特に農家では、家の手伝いは当たり前でした。

私のような非農家の子供は、農作業の手伝いこそありませんが、いつもひもじい毎日を過ごしていました。兄弟姉妹が多いのはどの家でも同じでしたので、子守りや家の雑用など親から命じられることは少なくありません。自分の自由な時間は学校へ行っている間くらいです。そんな束縛から、友達と一緒に自然の中に逃れ出るのは一つの技術といえるほどのものでした。

野山の鳥や魚、爬虫類、小動物、草木などを捕まえたり採ってきたりして遊び相手とします。その行為の多くは、ひとことで言えば、〈弱い者いじめ・虐待〉であったことは間違いないでしょう。「子供は残酷である」と言われますが、特別の意識もなく、ただ気分のままにそうしていただけのように思います。

自然から隔絶され、その中での体験に出会うこともほとんどなくなった現代の子供たちにとって、いま〈弱い者〉とは何なのでしょう?

ここに描いたような中学生時代の三年間とその周辺が、その後の数十年の全てのものの基盤となっていることを、いまさらのように感じる年齢となってしまいました。

それで改めて自分や友人たち、その周辺のことを振り返って見たのです。比較的短い期間を述べただけですが、まるで永い永い遠足に出かけた気分になりました。

ネパールでは、ムスタン地区ジョムソン近郊、そしてカリ・ガンダキ河原など。二回目には、アンナプルナ南峰（七二一九メートル）やマチャプチャレ（六九九三メートル）の麓などを歩きました。

現地の人たちやチベットからの難民との出会いは、予想以上の驚きがありました。そして、出来ることなら保護者ともども中高生の修学旅行先に選ばれるべきではないのかと思いました。かつての私たち日本人の暮らしを思い起こさせてくれる日々ともなりました。

二〇一六年秋

初出一覧

「永き遠足」　『原点』八十九号　二〇〇四年七月三十日発行から九十号、九十一号、九十二号、九十三号　二〇〇六年十月十日発行分まで。

「カリ・ガンダキの風」　『原点』七十六号　一九九九年九月発行

※なお、文芸誌『原点』同人会は二〇一五年二月二十八日、発足から満五十年をもって解散いたしました。

著者略歴

泉原 猛 いずはら たけし

1935年（昭和10年）8月23日
　　愛媛県東宇和郡土居村 (現・西予市城川町土居) 生まれ
1951年（昭和26年）
　　愛媛県立野村高等学校土居分校入学・同年中退
1952年（昭和27年）4月
　　電気通信省 (現・NTT) 職員訓練所入所、12月卒業
1957年（昭和32年）　愛媛県立松山南高等学校 (定時制) 卒業
1972年（昭和47年）12月
　　アメリカコネチカット州 Famous Artists School、コマーシャルアートコース (通信教育) 卒業
1994年（平成6年）7月　NTT退職

ホームページ　http://izu.dee.cc
　　「身近なバードウォッチングと自然の楽しみ」

〔所属・その他〕
日本野鳥の会（1967～）／日本自然保護協会（1968～）／日本鳥類標識協会（1989～）／日本鳥学会（1996～）
『あなたの出会った鳥、出会う鳥』（愛媛県文化振興財団 1986）編集
『愛媛の野鳥観察ハンドブックーはばたきー』（愛媛新聞社 1992）総括担当

泉原猛作品集
永き遠足
2016年11月17日 発行　定価＊本体価格 1600円＋税
著　者　　泉原　猛
発行者　　大早　友章
発行所　　創風社出版
〒791-8068 愛媛県松山市みどりヶ丘９－８
TEL.089-953-3153 FAX.089-953-3103
振替 01630-7-14660 http://www.soufusha.jp/
印刷　㈱松栄印刷所　　製本　㈱永木製本
 ISBN 978-4-86037-239-2